不 哭

Pas pleurer

Lydie Salvayre　〔法〕莉迪·萨尔维尔 著　金龙格 译

人民文学出版社

著作权合同登记号　图字 01-2017-3747

Lydie Salvayre
Pas pleurer
© Editions du Seuil, 2014

图书在版编目(CIP)数据

不哭/(法)莉迪·萨尔维尔著;金龙格译.—北京:人民文学出版社,2017
ISBN 978-7-02-013114-3

Ⅰ.①不… Ⅱ.①莉… ②金… Ⅲ.①长篇小说-法国-现代 Ⅳ.①I565.45

中国版本图书馆 CIP 数据核字(2017)第 170509 号

责任编辑	朱卫净　何家炜
装帧设计	张叶青

出版发行	人民文学出版社
社　　址	北京市朝内大街 166 号
邮　　编	100705
网　　址	http://www.rw-cn.com
印　　刷	山东德州新华印务有限责任公司
经　　销	全国新华书店等
字　　数	125 千字
开　　本	889×1194 毫米　1/32
印　　张	7.25　插页　2
版　　次	2017 年 10 月北京第 1 版
印　　次	2017 年 10 月第 1 次印刷
书　　号	978-7-02-013114-3
定　　价	35.00 元

如有印装质量问题,请与本社图书销售中心调换。电话:010-65233595

胆小鬼,你害怕什么?
亲爱的,哭什么呢?

——塞万提斯,《堂吉诃德》
第二章二十九节

第一章

以圣父圣子和圣灵的名义,帕尔马①的大主教阁下抬起一只尊贵的手,把一帮穷鬼的胸膛指给审判官看,手指上的主教指环闪闪发光。这句话是乔治·贝尔纳诺斯②说的。是一个虔诚的天主教徒说的。

现在我们是在一九三六年的西班牙。内战一触即发,我母亲就是个穷鬼。穷鬼就是一个张着嘴巴的穷人。一九三六年七月十八日,我母亲平生第一次张开了嘴巴。她才十五岁。她住在一个与世隔绝的村子,几个世纪以来,在那些大地主的剥削压迫下,像她家那样的村民总是一贫如洗,家徒四壁。

与此同时,乔治·贝尔纳诺斯的儿子身着长枪党的蓝色制服,在马德里的战壕里准备战斗。几周以来,贝尔纳诺斯认为儿子加入民族主义队伍是正当合法的。他的想法众所周知。他正在为法兰西行动③积极活动。他欣赏德鲁蒙④。他声称自己是君主主义者、天主教徒、法兰西古老传统的继承人,在精神

---

① 西班牙马略卡岛的主要城市和港口,同时也是加泰罗尼亚巴利阿里群岛自治区首府。
② 乔治·贝尔纳诺斯(1888—1948),法国作家,代表作有《在撒旦的阳光下》《一个乡村教士的日记》。
③ 法国极右组织,成立于19世纪末,原为保皇组织,1934年由诗人、哲学家夏尔·莫拉斯领导,鼓吹反犹主义和沙文主义。
④ 爱德华·德鲁蒙(1844—1917),法国记者、作家、政治家,是民族主义者和反犹主义者。

上更亲近工人贵族，而不是有钱的资产阶级，因为他痛恨资产阶级。西班牙的一帮将领发动叛乱、颠覆共和国之时，他就在西班牙，没有一下子就预估到这场灾难波及的范围之广。但很快，他就不能罔顾事实了。他看到民族主义分子开始有步骤地对嫌疑人进行肆意清洗。他们杀人之后，天主教显要则以圣父圣子和圣灵的名义赦免他们的罪责，让他们继续实施屠杀。西班牙天主教会变成了负责清洗的军人的帮凶。

贝尔纳诺斯眼睁睁地看着教会与军人狼狈为奸，但他对这种令人作呕的卑鄙勾当感到无能为力。后来，他极力理清思绪，他清醒地意识到自己必须与过去所持的支持立场决裂，他终于下定决心把他亲眼目睹的、让他心碎的一切都记录下来。

他是他所在的那个阵营里拥有这份勇气的人当中的一个。

我本从孤独中来，
我将往孤独中去。

一九三六年七月十八日，我母亲由我外婆陪着，来到布尔戈斯老爷家门前，他们家想重招一名女仆，之前的那个因为身上有洋葱味被他们打发走了。在做最后裁决之时，海梅·布尔戈斯·奥夫雷贡老爷转向他的妻子，脸上露出满意的神情，他把我母亲从头到脚打量了一遍之后，用无可置疑的、我母亲永志难忘的语气说："她的样子很朴实。"我外婆向他表示感谢，就好像他说那句话是在称赞她似的。可我呢，我母亲告诉我，那句话让她发疯。我亲爱的，我听了之后觉得那是对我的冒犯,就好像在我的屁股上踹了一脚,这一脚让我一蹦十米高,把我那个沉睡了十五年多的大脑给煽动起来了,让我一下子明白了我哥哥何塞从列伊达①听回来的那些话的意思。于是,我们一回到街上,我就开始咆叫(我纠正:是咆哮),我开始咆哮:她的样子很朴实!你明白这是什么意思吗?看在老天爷的分上,小声点,我那谨小慎微的母亲哀求道。那话的意思是,我很恼火,亲爱的,我真的很恼火,那句话的意思是,我会是一个笨头笨脑温温驯驯的仆人!意思是我会忍气吞声地服从索尔太太的一切命令,忍气吞声地帮她擦屁股!意思是我会信誓旦旦地保证做一个十足的白痴,永远也不会说半个不字,不会给他们招惹任何麻烦!意思是海梅老爷随便给几个,怎么说来着,几个子儿就可以把我打发,然后我还要对他感恩戴德,还要配上那种跟我非常相称的朴实表情。老天爷啊,我母亲神色惊慌更加低声地埋怨说,有人会听见的。我则嚷得更大声了:我才不在乎是不是有人听见呢,我不想去布尔戈斯家做女仆,我宁可去城里做婊子!看在老天爷的份上,我母亲哀求道,不要说这种傻话。他们甚至连坐都没叫我们坐一会,我忿忿不平地说,也没跟我们握一下手,我香起(我纠正:是想起),我突然想起我的拇指上长了指疗,缠了绷带,你愿意叫它手指毒疮也行——但不要我每说一句话你都纠正,否则我永远也讲不完。见我这么激动,我母亲低声地安抚我,说假如我被他们雇用了,

---

① 西班牙加泰罗尼亚自治区西部列伊达省的首府和最大城市。

会有很多好处在等着我：我会有地方住，我会有东西吃，我会把自己洗得干干净净的，我每个礼拜天都有一天假，可以去教堂广场跳霍塔舞①，我会拿到一小笔工资，一小笔年终奖，可以用这些钱为自己攒一小笔嫁妆，甚至可以存起来做私房钱。刚听到这里，我就大喊大叫起来：我死也不干！我的上帝啊，她一边叹气，一边惊恐不安地看了看街道边的两排房子。我呢，我开始拼命地朝我的阁楼跑。幸好，第二天战争爆发了，结果就是我没去布尔戈斯家，也没去任何人家做女仆。战争，我亲爱的女儿，它来得正是时候。

那天晚上，我母亲在看电视时，荧屏上偶然闪出一幅画面，画面上有个人在质问共和国总统，这让她突然回想起她哥哥何塞从列伊达回来时那副热血沸腾的样子，他那年轻人的急切、热情让他看上去十分俊美。所有那一切一下子重新涌上心头：海梅·布尔戈斯·奥夫雷贡老爷的那句简短的话，一九三六年七月的喜悦，对那座城市的欣喜的发现，还有她发疯一般爱过的、我姐姐和我从很小的时候起就叫他安德烈·马尔罗②的那个男子的面庞。

我母亲名叫蒙特丝拉特·芒克卢斯·阿尔霍纳，一个我很开心能让它暂时摆脱早已注定的死亡、让它复活的名字。

---

① 西班牙阿拉贡地区的民间舞蹈。
② 安德烈·马尔罗（1901—1976），法国著名作家，曾担任法国文化部长，代表作为《人的境遇》和《王家大道》。

在我着手叙述的这个故事中，我暂时不想引入任何虚构的人物。我母亲就是我母亲，贝尔纳诺斯就是创作过《月光下的大公墓》的那个令人仰慕的作家，而天主教会便是一九三六年的那个可耻的组织。

  生活是我的作品
  取之不尽的源泉

我母亲出生于一九二一年三月十四日。她的亲人都叫她蒙特丝或者蒙特西塔。她在跟我讲述她的青春岁月的时候已经九十岁了，她用的是那种混杂的、比利牛斯山那边的语言。六十年前，命运把她抛到法国西南部的一个村庄，从此这种语言就变成了她自己的语言。

我母亲年轻时是个大美人。别人告诉我她从前的容貌非常特别，西班牙女子头顶陶罐顶出来的这种与众不同的容貌如今只能在芭蕾舞演员身上看到。别人告诉我，她往前走的时候就像一条船，直挺轻盈，像船帆。别人告诉我，她身材婀娜多姿犹如银幕上的电影明星，"从她的眼睛就能看出她的心灵是多么的善良"。

如今，她已经老了，脸上爬满了皱纹，身体羸弱，走起路来摇摇晃晃，可是一想起一九三六年的西班牙，她的眼睛便会重新闪烁那种我从未见过的青春的光芒。她已经出现了记忆障碍，自那场战争爆发到今天，她所经历的所有事件，全都被她忘记了，永远忘记了，了无痕迹。但她绝对完好无损地保留着一九三六年那个夏天的记忆。不可思议的事情就发生在那个夏天，她说道，就是在那年夏天，她发现了生活，毫无疑问，那是她一生中唯一的一次冒险经历。那意思是不是说被她视为现实生活的接下来七十五个春秋并非真正的人生？我有时候会这么想。

这天晚上，我又听见她在消逝的青春废墟中翻寻，我看见她的脸恢复了生气，仿佛她一生的全部快乐都集中到了一九三六年夏天在西班牙那座大都市里度过的那几日，仿佛对她而言时间都停在了一九三六年八月十三日早上八点钟的圣马丁街。我聆听她跟我回忆那段往事，同时阅读贝尔纳诺斯的那本《月光下的大公墓》，那么阴森，却更完整了。这两个人的叙述让我陷入了一种困惑，我想试着搞清楚让我陷入困惑的原因，但我也担心这种困惑会把我引向那个我压根儿就不打算去的地方。说得更明白一些，从他们的回忆当中，我感觉到一些矛盾的、总之相当困惑的感情通过未知的闸门涌进我心里。我母亲讲到一九三六年的绝对自由主义经历，在我心中激起了一种莫名的惊叹，一种莫名的孩童般的快乐，而贝尔纳诺斯描写的暴行，对照人类的愚昧、仇恨和疯狂，重新勾起了我的恐惧，我害怕今天某些混蛋会与那些罪恶的思想重新建立联系，我很久以来一直以为那样的思想已经沉睡。

当年我那十五岁的母亲由我外婆领着去应聘那个女仆职

位的时候，前面提到的那个海梅·布尔戈斯·奥夫雷贡老爷的姐姐普拉太太正直挺挺地坐在一张有高大皮质椅背的椅子边上，激动地读着手上那张《西班牙行动报》头版上的社论："一位年轻的将军决定领导正在民主和社会主义中沦陷的伟大的西班牙，以便筑起一道阻挡布尔什维克入侵的堤坝。在他的号召下，其他将军毫不犹豫地聚集在这位卓越的领导人周围，民族同盟苏醒了。可是想对地中海沿岸欧洲下毒手的莫斯科当局已经把卑劣的欲望和残忍的兽性渗透进政权，将军们的精神、智慧、对祖国的忠诚和英雄主义能战胜这种欲望和兽性吗？"这篇文章以问句结束，这个问句让普拉太太一下子陷入恐慌之中，让她出现心悸。因为普拉太太患有心悸。尽管医生叮嘱过，要她避开那些会引发心悸的不愉快的事，但她的爱国心驱使她阅读这份民族主义报纸。这是义务，大夫，她用柔弱的声音说道。

随后的那些日子，普拉太太惶惶不可终日，脑海里浮现的都是房子被洗劫、土地被掠夺、财产被蒙特丝的哥哥何塞和他手下的那帮强盗捣毁的景象。她如此惊恐，还因为食品杂货店的老板娘玛露卡悄悄告诉她，那些安那其开始东游西荡、趁火打劫，场面血腥，强奸修女后还要将她们开膛破肚，玷污她们的修道院，亵渎她们的圣物。从此，普拉太太的脑海里又出现那帮匪徒闯入她的卧室，扯下高悬在白色床铺上那个带耶稣像的象牙十字架，掠走那只镶嵌了珐琅的珠宝盒，上帝啊，还对她进行了难以启齿的蹂躏。可是，当她在路上碰到这些头脑发热的年轻人的父母时，她照旧跟他们打招呼。

那得有一颗多么仁厚的心啊！

不过，夜幕降临之后，她就跪在跪凳上，祈求上帝保护她的家人，让他们免遭那些目空一切的野蛮人的侵害。

让他们死！

才脱口说出这句话，她的脸便因为羞愧而涨得通红，她居然许下了这样的心愿。仁慈的上帝据说具有超一流的听觉，他听见了她的话吗？明天她就去米盖尔神甫（村里还没有逃走的本堂神甫）那里忏悔，神甫会要求她念三遍《圣母经》和一遍《天主经》，这对她的心理疗效几乎是立竿见影的，就跟吞了一片阿司匹林一样见效。众所周知，那个时候，天主教徒用白刃、枪械、棒子或铁棍对革命者无论犯下了什么罪行，都可以随即被洗白和谅解，只要晚祷前表现出悔恨之意。这种跟西班牙天主达成的小协议确实显得很不可思议。

普拉太太重新开始祈祷，现在她祈求极其神圣的圣母马利亚结束那些该死地冒犯仁慈上帝的无耻暴行。因为普拉太太认为损害她的财产便是致命地冒犯仁慈的上帝。因为普拉太太比任何人都更清楚做什么事情是在该死地冒犯仁慈的上帝。因为普拉太太跟村子里的那些人一样，被人称为"法西斯"，这种称呼很能说明问题。

"法西斯"用西班牙语发出来，就像吐出一口痰。

村里的"法西斯"数量在减少，他们普遍认为：

死去的革命者
才是优秀的革命者。

蒙特丝的哥哥也就是我的舅舅何塞是个革命者，或者不如说是个"红与黑"①。妹妹从布尔戈斯家回来把自己的遭遇告诉他之后，他马上就变得怒不可遏。一九三六年的革命者个个都是怒不可遏。那些"红与黑"尤甚。

何塞觉得自己的妹妹被冒犯了。一九三六年的西班牙处处都是被冒犯者。

她的样子很朴实！她的样子很朴实！

那个王八蛋，他以为自己是谁啊！那个厚颜无耻的家伙，他会后悔的！我会让他把这句肮脏的该死的话收回去！这个资本家我会让他闭上他的臭嘴的！

从列伊达回来之后，何塞再也不是原来那个何塞了。他的目光中有一种闻所未闻、无法言喻的梦幻光芒，挂在嘴边的是另一个世界的语句，他母亲听了直说：他们把我儿子变了一个人。

每年，在五月的巴旦杏收获季节和九月的榛子收获季节，何塞都要去做季节工，去列伊达近郊的一个大地主家割牧草。一份超出了他的体力的繁重劳动，工钱微薄，但他很自豪地把这笔钱上交给了父母亲。

从十四岁时起，他的每一天都耗在了田间劳动上，天一亮就上工，太阳下山后才允许收工。他的生活就是这样被人

---

① 西班牙内战期间，伊比利亚安那其联盟（FAI）和全国劳工联盟（CNT）使用的旗帜为红黑两色旗。

安排好了。他一刻也未曾想过要重新审视自己的人生，一刻也未曾想过还有可能过另一种生活。可是，那一年，他跟胡安一起来到列伊达时，看到的是一座天翻地覆的城市，天翻地覆到令人头晕目眩。道德被推翻，土地变公有，教堂变身合作社，标语在咖啡馆猎猎作响，每个人的脸上都洋溢着喜悦、热忱和激情，让他永志难忘。

他听到的那些话如此新颖如此大胆，让他那颗年轻的灵魂心荡神驰。一些无边无际的话，一些如雷贯耳的话，一些热血沸腾的话，一些雄伟壮丽的话，一个重新开始的新世界的话：革命、自由、博爱、共同体，它们的重音在西班牙语中都落到最后一个音节上，像直接砸到你脸上的一记记重拳。

他像个孩子一样惊叹不已。

一些从未想到过的事情涌上了他的心头。

漫无际涯。

他学会了举起拳头，与大家一起齐声高唱《人民的儿子》。

他和其他人一起呼喊：打倒压迫，自由万岁。

他高喊：打倒死亡。

他感觉到自己存在的价值。他感觉特别好。他感到自己变成了一个现代人，他的心里有很多话要说。他忽然明白了年轻的意义。之前他一直不明白。他寻思着，照原来的活法，他也许死了都不知道年轻有何意义。他同时还在想，他此前的生活是多么枯燥暗淡，愿望是多么贫乏可怜。

他在这股强大的黑色气流中感觉到了某样东西，他称之为诗意,因为他找不到别的词语。

他回到村里时,满嘴豪言壮语,脖子上围着一条红黑相间的围巾。他滔滔不绝、慷慨激昂地对他的听众(他的听众暂时仅限于母亲和妹妹)说,在列伊达,一个灿烂的黎明升起来了(他天生长于抒情),西班牙终于变成西班牙人民的西班牙了,他则比西班牙还要西班牙。他用颤抖的声音说必须消灭那种传承奴役和人类耻辱的旧秩序,他说灵魂和思想的革命已经开始,很快就会蔓延到整个国家,并逐渐蔓延到全世界。他说金钱再也不能主宰一切,再也不会作为衡量人与人之间高低贵贱的标志,永远不会了,他说在不久的将来……

海水会散发出茴香酒的味道,母亲揶揄道。

……在不久的将来,再也不会有不公,再也不会有等级制度,再也不会有剥削,再也不会有苦难,人们可以和……

和教皇一起去度假,母亲越听越烦,忍不住插话。

……人们可以和别人一起分享物质财富,那些一出生就闭上嘴巴的人,那些向那个混账的海梅老爷租地种、被他残酷压榨的人,那些帮他老婆擦屁股、洗碗碟的人……

又来啦!母亲厌烦地大叫起来。

……他们会站起来,他们会斗争,他们会摆脱一切统治,然后变成……

统不统治关我屁事,母亲大怒。七点钟了,你最好去把鸡给喂了。我已经帮你把桶准备好了。

但何塞还在口若悬河,那些遵照巴枯宁的思想关起来的母鸡还要过一些时候才能吃到饲料。

从列伊达回来之后,何塞就变得口若悬河,说着说着就开始咆哮,或者怒吼,或者满嘴的妈的、操他妈、混账,我要在上帝头上拉屎,其他时间则慷慨激昂,高谈阔论。

早晨,他痛斥那些为富不仁者,他说这是"同义迭用"(他是在《土地与自由报》上看到这个词的),因为富人都是坏人,哪有什么财富不是强取豪夺的不义之财,有的话那你们告诉我。他诅咒米盖尔神甫的那些唯利是图的朋友,神甫会感觉到革命的寒风从他的长袍下吹过(说到这里他禁不住笑了),他诅咒强盗一般的海梅·布尔戈斯·奥夫雷贡和其他的囤积粮食者,他尤其诅咒国家流氓帮的头目,这个流氓头目把自己提升为叛党的头目——弗朗西斯科·佛朗哥·巴哈默德①,他时而用没有人会觉得粗俗的辞藻华丽的方言,骂佛朗哥是鸡奸神甫的侏儒、臭大粪、败类、婊子养的、杀人犯,要绞死他,时而又按照巴枯宁那种逻辑严密、讲究策略的方式,把佛朗哥视为资产阶级的客观同盟和无产阶级的敌人,而无产阶级既是共和政府不信任的受害者,又是受佛朗哥分子镇压的牺牲品。

假如说他的心早上像个火药库,晚上他则热烈地憧憬着一些令人惊异的事情,他向妹妹蒙特丝预言将会有一个新的

---

① 弗朗西斯科·佛朗哥·巴哈默德(1892—1975),西班牙军人和政治领袖,独裁统治者。

世界出现，在新的世界里，任何人都不会成为别人的仆人，不会成为别人的财产，永远都不会，谁也不会为了别人丧失自己重新获得的尊严（这句话是从《工人团结报》上借用的）。那是一个美好公正的世界，一个天堂，说到这里他的脸上露出了幸福的笑容，一个真实存在的天堂，在这里，爱情和工作都是自由和快乐的，而且……

我不明白，蒙特丝打断他，忍住没笑。我不明白在天寒地冻的一月份，手指都冻僵了，腰都直不起来了，这种时候我怎么还能自由快乐地采摘橄榄。你在做梦，十五岁年纪的蒙特丝对哥哥说。

蒙特丝的一句话把他在蓝图中描绘的美好前景打断了片刻，但他随即用同样的激情和热情接上了话头。蒙特丝内心深处是幸福的，她听到哥哥为人类描绘出了一个美好未来，到那时候谁也不会唾弃谁，人们的眼神中再也看不到任何恐惧和羞愧，女性跟男性平等……

在使坏方面女性跟男性也是平等的吗？蒙特丝狡黠地问。

在使坏方面和在其他任何方面一样都是平等的，何塞说道。

蒙特丝莞尔一笑，她全身心地赞同何塞在谈论那些不会说话的东西时所说的那些话，这些话为她打开了一个陌生的、像一座城市一样广阔的世界，她赞同，只是她没说出口。

她缠着何塞不放，因为她喜欢听他讲话。他现在又摇身一变，变成了哲学家（她最喜欢变成哲学家的何塞），正大谈特谈剥夺的艺术。蒙特丝：什么的艺术？何塞：剥夺的艺术。

蒙特丝：那是啥意思？何塞：意思是拥有一样东西，一所房子，一件珠宝，一块手表，几件桃花心木家具，诸如此类，是变成它们的奴隶，是不惜一切代价守住它们，是在那些不能摆脱的束缚上面再增加新的束缚。可是，在我们将要建立的自由公社里，那里的一切都属于我们，但没有一样东西是我们自己的，你明白吗？土地属于我们就像阳光和空气属于我们一样，但它不属于任何人。他喜不自胜。还有房屋，房屋将会没有门栓也没有铁锁，你不相信？

蒙特丝全神贯注地聆听他的讲话，她只能领会其中的四分之一，但她听了那些话感觉很舒心，也不知道是为什么。母亲厌倦了，她希望这种属于年轻人的无稽之谈不会持续太长时间，希望何塞很快就能回到她所说的现实的观念上来，现实的观念对她而言就是牺牲的观念。这便是她秘而不宣的愿望。这也是村里所有的母亲的愿望。母亲都是些可怕的怪物。

我们要革命，要消灭民族主义分子，何塞慷慨激昂地说道，滚到一边去，民族主义分子！滚到一边去！滚到一边去！

在贝尔纳诺斯旅居的马略卡岛上的帕尔马，民族主义分子已经开始驱逐革命党，在这座异常宁静的小岛上，革命党只属于温和的党派，一点也没有卷进对天主教教士的大屠杀之中。

自从圣战爆发以来，自从法西斯的飞机被帕尔马的大主教身着华丽教袍保佑以来，自从他的面包商与他迎面而过时向他行墨索里尼礼以来，自从因气愤而涨红了脸的咖啡馆老板跟他说必须让那些声称每天工作十五个小时就应该拿到更好的报酬的农业工人就范（往脑袋上崩一颗子弹）以来，贝尔纳诺斯就感觉到一丝越来越强烈的恐惧侵蚀了他的全身。

法国有一本由多明我会修士主编的天主教杂志叫《七》，该杂志同意定期刊发他在西班牙的所见所闻。这些专栏文字日后变成了他创作《月光下的大公墓》的素材。

一些日子，他到帕尔马乡间散步，散步途中有时会在小路的拐弯处碰上一具尸体。尸体上爬满了苍蝇，脑袋已经血肉模糊，脸部被撕破，眼睑可怕地肿起，嘴巴张开着，嘴巴下面有一堆黑魆魆的东西。

他一开始还以为这种简单的行刑只是一些几乎人人都谴责的过火或报复性行为。

他以为只是短暂的战火。

但这场战火经久不息，他越发焦虑。

另一种性质的火在何塞的心中燃烧，他整天都在咆哮，整天都斗志昂扬。但是，父亲一从田里回来，何塞就会把嘴巴闭上。

他父亲是一块八百公亩土地的主人，祖祖辈辈传下来的地，他还用分期付款的方式从海梅老爷手里加买了几阿庞[①]。这块只长粗糙的油橄榄树和只适合山羊吃的粗糙杂草的干巴

---

① 旧时的土地面积单位，相当于 20—50 公亩。

巴土地是他唯一的家产，也是最宝贵的财富，可能比他的妻子还要宝贵，虽然这妻子是他精心挑选过的，就像精心挑选他那头母驴一样。

何塞有一项更公平地分配耕地的计划，但他知道，想让父亲承认这项计划的合法性是办不到的。这位父亲从来没离开过这个偏僻的村子，目不识丁，就像何塞说的，思想陈腐，他拒不接受他儿子的思想，永远永远永远也不会接受那样的原则。

他说，我只要还有一口气，谁也别想跟我抢饭吃。

怎么能让他明白为了让世界变得更加美好，新的思想正在改变世界呢？

父亲什么也不想知道。他说，跟我，别来那一套。我没那么笨。我又不是三岁小毛孩。

而且他认为他的立场来自古老的智慧和那些不会被无聊话语糊弄的智者的远见卓识，这种立场才是唯一有价值、唯一可持久的。他还想把儿子塑造成他的样子呢！他想强迫儿子接受强加在他头上的同样的命运！何塞用一个词来定性这种态度：

独裁！

独裁这个词是何塞从列伊达带回来的，他还带了整整一套以 -ique 和 -on 结尾的词，他对这个词有着明确的偏爱。

父亲独裁，宗教独裁，斯大林独裁，佛朗哥独裁，女人独裁，警察独裁。

蒙特丝也喜欢这个词，她迫不及待地想找个机会用一次。

她的女友罗西塔像每个星期天一样跑过来找她去教堂广场跳舞时，她跟罗西塔说她忍受不了一个如此独裁的习惯。

也许吧，罗西塔隐约领会了这个词的意思，回嘴道，但这是你认识如意郎君的唯一机会。

什么如意郎君？

别装蒜，所有的人都知道。

除我之外的所有的人。

迭戈爱你都爱疯了。

说点别的吧，蒙特丝堵住耳朵。

如今我母亲坐在窗户边那张带轮子的扶手椅上度日，从那里眺望孩子们在学校的操场上玩耍，因为这是她仅有的快乐中的一种；如今她需要我喂她吃饭就像喂一个孩子，要我给她洗漱给她穿衣就像给孩子洗漱穿衣一样，要我带着去散步就像带孩子一样因为她要挽着我的胳膊才能往前走。现在她又看见自己正迈着轻盈的脚步走在通往教堂广场的公墓大街上，广场上一支小型管弦乐队正在演奏一支嘣嘣嘣、嘣嘣嘣的霍塔舞①曲。每次都是这样，她对我说，说着说着她那满是皱纹的脸上露出了孩童般的狡黠神情。迭戈站在那里，直勾勾地看着我，恨不得用眼睛把我吃掉，就像你可能会说的那样，贪婪地看着我，但要是我把目光转到他身上，他就会立即把目光移开，就像把手伸进别人钱包被捉住的时候

---

① 西班牙阿拉贡地区的民间舞蹈。

一样。

　　每个礼拜天都是这样，周而复始，嘣嘣嘣、嘣嘣嘣，在广场上不停地跳跃着转圈，母亲待在一旁监视，她完全明白，年轻人眼睛滴溜溜地转没有别的意思，只是嘣嘣嘣、嘣嘣嘣，跳动的心在转。

　　村里所有的母亲都来了，在教堂广场围成一个检查圈，对她们的孩子严密看管，一边预估那些嘣嘣嘣、嘣嘣嘣似初露端倪的婚恋成功的可能性有多大。那些最野心勃勃的母亲一刻也没有放松对孩子警察一般的监视，梦想把女儿嫁给法夫雷加特家的儿子，他家里要什么有什么。但大多数母亲只是希望她们的女儿有一个温馨的小安乐窝，在以男性为轴心画出的小圈子里过上平静惬意的小日子。我的意思是那圈子的枢纽、墩柱、捣具、壁柱、柱廊都是男性，稳固地安扎在村里的土地上，就像有朝一日会稳固地安扎在女性神秘疏松的土壤上一样，这样的生活多美妙，多么美妙啊！

　　蒙特丝好像对那个名叫迭戈的轴心对她的默默关注无动于衷。

　　他的红棕色头发令她讨厌。

　　他的执著让她局促不安。

　　她感觉自己被他抓住，被他的眼神、他脸上的神情。

　　而她的灵魂深处并不想回应他的如火激情。她可能更倾向于给他的感情降温。

　　因为，尽管蒙特丝像所有同龄的女孩一样准备自己的嫁妆，把名字中的两个 M 交织着绣在白色的亚麻床单和浴巾上，但她心中并没有她那些女友的那种困扰，那些女友在去一些老爷家做事之前都急不可耐地想找到自己的心上人，换句话说就是越快越好（找到老公：这些女孩交谈时的头号主题，在沿着格朗大街上行和下行的时候，在再次沿着格朗大街上行和下行的时候，在又一次沿着格朗大街上行和下行的时候，她们都会兴致勃勃地谈论着这个话题，谈话中还夹杂着议论：某人假装若无其事地瞅了我一眼，三次从我们家门口经过，我的心跳了一百二十下，另外一个脚上穿的皮鞋都不配套，要不就是埃米利奥，他好像挺能耐的，但我信不过他，我更喜欢安立奎，跟他在一起心里踏实……就这样叽叽喳喳，没完没了，但都是老生常谈）。

蒙特丝对于迭戈对她的神魂颠倒表现得异常平静，然而她哥哥何塞则对迭戈看中他妹妹这件事露出一脸的鄙夷。迭戈耍的那点小把戏让人忍无可忍。在何塞眼里，迭戈是个少爷，吃得脑肥肠满，一个被宠坏的孩子，一个什么事都依靠爸爸的公子哥儿。更糟糕的是，他是一个沙龙里的革命者，无论怎么样，都永远只是个资产阶级。这足以引起何塞的厌恶。

从列伊达回来之后，何塞对世界的看法变简单了。

至于蒙特丝的母亲，看到布尔戈斯家的公子围着自己的女儿转，心里还是有点喜滋滋的。那年轻人一表人才，受过教育，虽然长着一头可怕的红头发，虽然村民都对他满腹狐疑，但他的万贯家财可以是一剂良好的解毒药。

因为，尽管这些村民永远也不会如实坦白这一点，他们在这个迭戈面前还是表现得非常谨慎。迭戈是海梅·布尔戈斯·奥夫雷贡老爷和他的妻子索尔太太的养子，谁也不知道这孩子是在哪里由什么人生下来的，这对父母对他的来历讳莫如深，就好比他们羞于启齿，或者只怕是谁也没有胆量去问他们这个问题。

在这个人们可以根据一个人的门第（所有人的源头都可追溯）准确无误地说出此人将来会有什么出息的村子，出生之谜让迭戈遭到普遍的怀疑，有时怀疑里甚至夹杂着敌意。

最离奇的传闻不断地流传，和其可能的生父有关，把他的秘密出生与凄惨、痛苦甚至侮辱性的东西扯在一起。按最终的说法，迭戈可能是海梅老爷与一个弱智女私通生下的，那个弱智女与她的老母亲——别人都叫她老巫婆的女人住在村口的小茅屋里。

这母女俩靠什么谋生呢？没有人知道。

也许是海梅老爷给的一笔微薄的补偿，鞋匠马卡里奥凑到克拉拉的耳边说道。

您的意思是？克拉拉生气地问道。

您完全明白我的意思，鞋匠压低声音一脸狡黠地说道。

和他？

完全正确！

仁慈的上帝啊！个个都会看见的！

说完她把鞋匠晾在一边，马上跑去向康索尔兜售这条新闻，康索尔在随后的五天里又把这个消息传给卡门，卡门又……一传十，十传百。

所有的人显然都知道这个传闻不实，包括那些没完没了地说这事的人。所有的人都知道老巫婆的女儿从来就没有怀过孕，怀了的话会被人发现的，这种事情不可能掩人耳目瞒天过海。但就是这种荒诞离奇的版本居然继续流传，继续找到买主，所有的村民虽然压根儿不相信但都津津乐道，然后还尽可能地添油加醋。你要明白，在那个年代，我母亲对我说，道听途说便是电视，村民对不幸和悲剧有着不切实际的渴望，在这个传闻中找到了梦想和激情的素材。

但是随着一九三六年系列事件的爆发，传闻很快便烟消云散，因为一些更加重要的事情把每个人都牵扯进去了。如今最重要的事情，至关重要的事情，是根据人的政治标签来把他归类为好人还是坏人。而尤为重要的，是要知道谁是伊比利亚安那其联盟，谁是马克思主义统一工人党，谁是西班牙共产党，还有谁是长枪党，因为从今往后站在哪一边最重要，这比这些政治组织之间的差别和矛盾重要多了。

在一九三六年战时的西班牙，微妙的东西太多，要当心陷阱！

所以最重要的是迭戈几个月前加入了共产党。这事儿让所有人目瞪口呆。

他加入共产党的原因大家议论了很久，一想到普拉太太在得知他侄子与莫斯科的那帮怪物勾搭成奸时那张一定会拉长的脸，大家都笑得直不起腰。大家都在用这种心理分析进行猜想（我母亲说），这种心理分析可能像你说的一钱不值，但当人们最基本的娱乐被剥夺后,他们对这样的分析总是乐此不疲。

　　大家都在想迭戈入党是不是存心和父亲作对,还是为了维护父亲的利益。大家都在想他的这一举动是否暴露了他想逃出布尔戈斯家的企图,或者是出于保护他们免遭可能的报复的考虑。大家都在想他的深层动机是否恰恰存在于他跟父亲的竞争之中,他想取代父亲的位置同时还可以对他进行保护。大家都在想他这么做是不是为他的童年找到了某种形式的补偿,对于他的那段童年大家一无所知,但一定十分悲惨。大家都在想这是不是他提升地位、最终被村民接纳的良机。大家都在想他本人是否清楚自己入党的原因,他说话时不容置辩的语气是否只是想掩盖某种摇摆不定。大家在想他是不是在意父亲的资产阶级出身,才这样坚定地捍卫自己的思想。

　　因为一直以来都显得不可捉摸、沉默寡言的迭戈在咖啡馆和其他地方出现,都以一种权威的语气,一种有节制的激烈语气说话,让所有的人都震惊不已。他摆权威架子。他自命不凡。他喜欢像罗伯斯庇尔一样根据《工人世界报》上的文章,泰然自若地讲解当前形势。他消化了报纸上的那些浮夸的套话。他在自己的卧室里对着镜子试过解说的效果。他觉得这些套话正确、漂亮。那些让他的心里翻江倒海的渴望通过这些套话才得以淋漓尽致地表达出来。

　　于是,海梅老爷再也认不出自己的儿子了。他为此感到痛苦。他从迭戈的新思想和他对那个斯大林的疯狂崇拜中发现了令他痛苦的原因：他长期以来实施的精神教育工程已经土崩瓦解。

况且迭戈自走进这个家庭时起，就好像存心要惩罚他，让他伤心。

还是个孩子时，他就沉着脸，粗鲁地拒绝所有温情的举动，仿佛有一股强大的力量禁止他接受那一切。

少年时，满腹的怨恨便一触即发，不可理喻，爱生闷气，对什么事什么人都充满敌意，让人以为在他了解成年人的痛苦之前，他的生活中已经发生过什么无法弥补的事情。

他会出口伤人。他已经知道那些话语的力量。他早熟。

可是，他不敢对他的父亲发火，便把矛头转向养母。从养母的眼中他立刻读出了她的软弱，读到有什么东西碎了的感觉。只要她开口说话，他就火冒三丈地加以反驳。

你不是我母亲，她只要说了一句话，他就这么呛她，朝她投去冷酷无情的目光。

你没有权利问我，打个比方要是她问他重量单位如何换算或者动词être如何变位，他就会恶狠狠地这么对她说。

而在上床睡觉之前要忍受她的吻，他会当面把她亲过的地方擦干净。索尔太太咬住嘴唇，才没有号啕大哭。

这样下去不会有好结果，居斯蒂娜常常这么说（居斯蒂娜是被普拉太太解雇的那个女仆，解雇的理由是她身上一股子洋葱味，而真实的原因直到今天仍是个谜）。

索尔太太不敢跟丈夫抱怨迭戈对她的态度，担心会加深这孩子对她的怨恨。但小迭戈越来越得寸进尺，对养母的气焰越来越嚣张。甚至于她才开始问话,他就打断她:闭嘴,或者住口,滚开,用的是孩子才有的那种冷酷的语气。

你这是怎么了,我的孩子?索尔太太用乞求的眼神问道。

别叫我你的孩子!迭戈嘶吼起来。

索尔太太一副被打败了的神情,嘴唇哆嗦着,只好闭嘴,继续忍着不让自己号啕大哭。

海梅老爷没看见或者假装没看见他儿子对他妻子的敌意。他反而担心儿子平平庸庸的学习成绩,但想到今后儿子会接管土地,他心里又感到了一丝安慰。

然而,迭戈早就表明了自己的态度,他讨厌乡下。他讨厌这个荒远偏僻的村庄,这个村庄保持着西班牙最落后的村庄的记录,他说这句话的时候声音里夹带着某种恶毒。他可不想像这帮乡巴佬一样发霉,这些乡巴佬生活中除了橄榄一公斤多少钱、冰雹灾害或者土豆歉收之外,对任何东西都提不起兴趣。他不想变成总管那样,礼拜天洒一身的古龙香水掩盖厩肥的气味,更不愿意像佩克那样没事的时候就往头上浇头油。而且他讨厌所有这些农民,他们看他就像看一个命好的富家少爷,他绝对不想做那种靠老子养着的纨绔子弟,他一门心思只想忘记自己的老爷子,忘记自己的出身,忘记布尔戈斯大家族,然后为自己走出一条只属于他自己的人生路。

他在接受令所有的人都梦寐以求的家产时表现出的犹豫和沉默冒犯了村里的农民,这些农民可都是一无所有啊。就算他对养母的态度恶劣,他性格内向也可以放过去不管,对于一个不知道从哪里来甚至有可能都不是西班牙人的孩子来说,什么事都有可能发生;就算他的头发红得像个达科他①的印第安人,我们也可以接受;但是他拒绝照管他父亲那些绝对是高产的土地,这么做绝对不行!不行!还是不行!所有的村民众口一词。

迭戈装腔作势。太自命不凡了。

他以为自己是谁啊?

他这是从谁那里学来的呀?

这才是问题的关键。

据说在床上一直赖到早上九点钟,剔指甲,读卡尔·马克思的书!

从谁那里学来的呢?

从一个俄罗斯预言家那里,这个预言家想绞死所有的富人,打个比方说,像他父亲那样的。

剔指甲读书,而不是搞屁股。

话说回来这个不关我们的事。

他现在多大年纪来着?

二十来岁吧。

毕竟到了男大当婚的年龄嘛。

我觉得呀,果子已经被虫吃了,虫子一旦进了……

这是显而易见的……

那个做父亲的好可怜!

可以说是他让老爷子尝到了厉害!

---

① 美国州名。

啊!

但迭戈并没有打算原谅养父母,他们让自己度过悲惨童年,遗产在他看来属于不该得的礼物,属于把他压得喘不过气来的不合理的继承,要那些东西相当于把他打入另册,让他永远背负着那种侵略者的感觉。

他想成为一个了不起的人物,但只凭借他自己一人的毅力,凭借自己一人的功劳。他的门第给予他的特权,他一门心思只想卸掉。尽管当地的风俗和法律都希望作为唯一受遗赠人的他接手父亲的地产,尽管他的姑妈普拉太太喋喋不休,神气活现(他觉得那样子很下流)地对他说,他是布尔戈斯家的一员,这个姓氏代表的是等级、特权和精英,是任何共和政体都给予不了的,他必须把这个传统好好传承下去,但是,他粗暴地拒绝了。对迭戈寄予希望、希望他继承其事业的海梅老爷深感难过。

话说回来,在一九三六年,村里几乎所有的父亲都很难过,因为他们的儿子再也不想要他们那个神圣的西班牙了。他们再也不想忍受米盖尔神甫加在他们身上的沉重的审查,他们试着削减这种负担,在他花园里的天竺葵上撒尿,或者在做弥撒时在压低的笑声中破坏主祷文:我们在天上的父,愿世人都尊你的名为王八。愿你的哑屁降临。我们日用的婊子,今日赐给我们,叫我们遇见试探……他们再也不想要面色蜡黄的修女,因为她们对自己班上的女孩子说你们的双腿中间隐藏着一个淫荡的魔鬼。他们再也不想要田间劳动，在田里干活拿到的工钱仅能让他喝上两小杯，或者，如果实话实说，那点钱可以喝上六七杯，最多八到十杯吧，在福儿和她的胖老公开的那家咖啡馆，礼拜天傍晚，吃晚饭之前。这些孩子的愿望在他们父辈的垂死世界里找不到任何位置，他们诅咒父辈，唾弃他们的价值观，嘲弄人的嘴巴里说出的都是父亲们难以想象的怪诞之事，劈头盖脸就说出来了。我的孩子啊，人类历史就是用这样的对抗写成的，最冷酷无情、最惨不忍睹的对抗，村里没有哪个父亲能够幸免，迭戈的父亲并不比何塞的父亲更有免疫力，内在的裁决是不服从司法机关制定的法令的（我母亲用矫揉造作同时又莫测高深的法语说出这番话）。

何塞的父亲更加痛心，因为邻居恩里克刚刚跟他说何塞和工会会员混在一起，那帮头脑发热的冒险分子，自称造反派，在村子里晃悠，脖子上围着红黑相间的领巾，耀武扬威！奇耻大辱啊！

这个臭小子，我会让他清醒过来的，你看我怎么教训他，我会让他吃不了兜着走的！这位父亲大叫起来。

这个毛孩子去列伊达的时候还是个勤勤恳恳、彬彬有礼、通情达理、脚踏实地、规规矩矩的儿子。

回来时变成啥样了？一个狂热分子，一个离经叛道、满嘴胡言的疯子。

是在列伊达，这位父亲恼怒地说，有人给他灌了迷魂汤。

我告诉你，我会让他闭嘴的，这个净说蠢话的臭小子。

你最好，邻居说道，趁他还没……

是在列伊达，父亲重复道，别人给他洗脑了，灌输了这些消灭金钱、让土地集体化、分享面包以及诸如此类的胡言乱语。看来有人给他下了迷魂药。

最糟糕的是，邻居说，你儿子和他那帮朋友对那些想听他们说话的人说，他们要在村子里闹革命。

这个大笨蛋！父亲大叫道，看我不教训他！

最后，这位邻居告诉他，邻村的 D 神甫在一个油橄榄园子里被人发现，脑袋被铲锹砸烂了，另外，人们发现 M 的教堂执事尸体已经变成肉酱，屁眼里还插了个十字架。这是谁干的？全国劳工联盟那帮流氓！

多么可耻啊！父亲说道，我要去甩他一个耳光！

刚刚听到的消息让他觉得非常难受，于是他径直去了福儿和她的肥老公开的那家咖啡馆。他要去那里玩一下多米诺骨牌，喝杯茴香酒，或两杯，三杯，四杯，十杯，如果有必要的话，他太需要提提神，而福儿咖啡馆是村里唯一名副其实能让人提神的地方。猎人联谊会除外。

父亲气呼呼地回到家里时已经是晚上十点钟了。

他笨重地爬上楼梯，摇摇晃晃地一直走到餐桌前，倒在他的座椅上，终于稳定下来。

这是他的妻子和孩子们等待的可以入座的信号。

母亲端上浓汤。首先给老爷子盛上，何塞第二个，蒙特丝第三，母亲本人则是最后一个，总是按照这种顺序，一直都没变过。

老爷子散发出一股子酒味。

他可能喝醉了。

喝醉的时候便是他唯一有话说的时候。

这天晚上，他的话尽管黏糊糊的，慢吞吞的，含混不清像是串在一起，但极其庄重。

他用刀尖在面包上划了一个十字之后，站起身来，试图挺直身子，谁也不看地宣布，他不会容忍任何人用（他想了好一会儿才从记忆库中找出那个危险的名称）全国劳工联盟的那些不负责任的思想使他的名誉受到连累。这是我的安民告示，他补充道，说完马上就后悔这么狂呼乱叫，与当时的悲剧氛围很不协调。

然后，迟钝的目光盯着大汤碗，显而易见费了老大的劲才把精神集中起来，他警告说，他不会让世界上任何人掠走他仅有的那点土地，把它们分给懒惰的人和无能的人。他用拳头捶着桌子说，在这个家我说了算！

母亲哭丧着脸。

蒙特丝大气也不敢出。

何塞的脸一下子变得煞白，下巴微微颤动，一字一顿地慢慢地说出了这句让蒙特丝永志难忘的话：我对您从来都没缺少过尊敬（何塞和蒙特丝都是用您来称呼父母），但是今天我要求您也这样对我。

何塞平生第一次和他的父亲顶嘴，第一次挑战他的权威。

神圣的耶稣啊，母亲一脸惶恐地喃喃道。

蒙特丝突然感觉到一阵难以抑制的喜悦，她都不知道如何掩饰了。

父亲一时哑口无言，然后他厉声重复道：在这个家我说了算！他一边说一边指着那扇门：谁要是不乐意就滚蛋！

他重重地在椅子上重新坐下，以防站久了失去平衡，然后用威严的声音补充道：

革命，我要把它塞进我的屁眼里。

说完他不吭声了，他的脑子里乱糟糟的，说不出与场合相宜的话。

何塞猛地推开椅子站了起来。

父亲喝醉了，被粘在了桌子上，移不开步子了，他开始用不太利索的手移动他那只装满汤的调羹，调羹摇晃了许多次之后终于抵达目的地。

蒙特丝和母亲心脏怦怦狂跳，一言不发地吃完了晚餐。

我讨厌他这个样子，蒙特丝一进到厨房，何塞就对她说道。

蒙特丝哈哈大笑起来。不知道为什么，何塞的愤怒，几天以来，让她的心情感到无与伦比的舒畅。

要是他死了该多好，他说道。

别那么说，蒙特丝回答。

我要逃走了，他说道，离开这个老鼠窝。

你要走，爸爸会杀了你的，蒙特丝说道。

这个纳粹分子，何塞说道。

听到这里蒙特丝又哈哈大笑起来。

第二天早上,何塞心情又好了起来。
您喜欢耶稣吗,妈妈?
怎么会问这种问题!(母亲正在那里忙着和面做面包。)
教理书上有人跟您说过他是安那其吗?(逗妈妈玩他觉得蛮开心。)
你坐好了,你会把椅子搞烂的,妈妈叮嘱他。
比方说,他是不是说了这么一句话:你们不能既侍奉上帝又侍奉金钱?
小心椅子!母亲重复道。
这是典型的安那其口号。
这椅子迟早要被你搞烂!
有人跟你说过吗,耶稣是财富共有、合理分配的拥护者?
圣母啊!母亲大叫道,你不要讲蠢话!
蒙特丝大笑起来,声音稚嫩。
母亲瞥了一眼何塞然后又瞥了一眼蒙特丝,要他们解释怎么这样说话,怎么会有如此令人反感的行为。
你也一样,你跟他一个鼻孔出气!母亲看着蒙特丝气鼓鼓地说道。仁慈的上帝啊,我这是造了什么孽啊?
何塞为了说服母亲,去父母的卧室找来了那本绿色切口的圣经。

他大声读了起来：使徒行传。第三章①，初期教会。第四十四节：信的人都在一起，凡物公用。四十五节：并且卖了田产、家业，照个人所需用的分给各人。

何塞赢了。

怎么样？

母亲一脸的困惑：

胡说八道。

可是这在圣经里写得清清楚楚啊！何塞大叫。写着的，他妈的，您读一下。

胡说八道，母亲面无表情，坚决地说。

这些话出自基督教的宗教经典，您却说它们是胡说八道！

何塞！母亲尖声叫了起来，是那种对亵渎神明的话忍无可忍的人才会发出的尖叫。

天主教徒就是这个样子啊！何塞容光焕发，转身对蒙特丝说道。不过，我们将会比天主教徒还要天主教徒，我们将成立一个自由公社，公社将控制资产阶级以前的产业，我从中感受到了神圣的义务，他一边说一边装出圣婴耶稣的圣泰蕾丝②那副受神灵启示的样子。

---

① 此处引用的文字出现在中国基督教协会印发的《新旧约全书·使徒行传》第2章44—45节。
② 又名利西厄的圣泰蕾丝（1873—1897），原名玛丽·弗朗索瓦·特蕾萨·马丁，出生于法国阿朗松，15岁时加入利西厄女修会。她的《心灵自传》在她24岁去世后发表，在很多国家引起轰动。1925年，她被封为圣徒。

主啊，母亲叹息道，我宁可耳朵聋了也不愿听到这样的话！

那叫革命，何塞兴高采烈地回答道。

你要把我搞疯了，母亲说道。

你就别烦她了，蒙特丝为母亲辩护，没看见你把她吓坏了吗？

要是被人听见了，他们会把你关到牢里去的，母亲叹息道，她一点也不明白那些让她儿子深受震撼的新思想，对她而言，CNT（全国劳工联盟）或者FAI（伊比利亚安那其联盟）这种首字母缩合词指的是一些深奥危险的东西，只会引发人类自相残杀，如此而已。

何塞哈哈大笑。

蒙特丝也笑了。

蒙特丝说不出一个所以然，哥哥从列伊达回来后说过的所有那些让他们的父亲生气、让他们的母亲担惊受怕的话，蒙特丝听了都觉得很开心。

蒙特丝像哥哥一样，此时此刻还不知道贝尔纳诺斯在帕尔马胆战心惊看到的那些凶杀案。

在那里发生的事情尽人皆知，贝尔纳诺斯再也不能视而不见了。他对早期长枪党（普里莫·德里维拉① 创办的那个，

---

① 何塞·安东尼奥·普里莫·德里维拉（1903—1936），西班牙独裁者米戈尔·普里·德里维拉将军之子，法西斯政党西班牙长枪党的创始人。

他不愿意把它与一九三六年的长枪党混为一谈,后者任由几位"散布背叛言论"的将军操控)颇有好感,这个早期长枪党战前公开表明对背叛国王和背叛被称为"议价和欺诈高手"的神职人员的军队同样鄙视,他本人的儿子伊夫也满怀激情地加入了那个长枪党,他的好感,照我说,不能让他免除这样的评判:民族主义分子实施的受到神职人员卑鄙认可的清洗是丧失理智的、逐步推进的,引发了人们的极度恐惧。

他还在犹豫要不要把这个说出来。

他还在犹豫要不要跨出这一步。

他知道这一步跨出之后,不管怎样就得一走到底。这个计划让他心力交瘁。

但事实在那里明摆着:军事政变之前,帕尔马只有不到五百名长枪党,可现在"有了军人组织的无耻征募,人数已达一万五千人",统一由一个名叫罗西的意大利阴谋家指挥,这个人把长枪党变成了"负责苦役的部队的辅助治安组织"。

一九三六年的这个新的长枪党对帕尔马人民实行恐怖统治。譬如,政变发生后没几天,马纳科尔[①]小城的两百号居民被判定为嫌疑分子,"半夜三更被人从床上拖下来,被成群结队押往墓地,往脑袋里射进一颗子弹,然后在稍远的地方成堆焚烧"。

帕尔马的大主教委派手下的一名穿衬裙的神甫过去,他那双肥大的皮鞋从血泊中趟过,在两次射击的间歇对被杀者

[①] 西班牙巴利阿里群岛的一个市镇。

进行赦免,然后用圣油在死者的前额上画十字,为他们打开天国之门。

贝尔纳诺斯做了这样的记录:"我只是观察到,这场对于手无寸铁的不幸者的大屠杀没有受到教会官方的一句指责,甚至连最无伤大雅的保留意见都没有,他们只满足于举行谢主恩仪式。"

一九三六年七月二十三日,何塞去参加在村议会大厅召开的全体会议。他感觉精神振奋。这是革命即将开始的重要日子。正儿八经的大会。

参会之前,他去找他的朋友胡安,胡安住在公墓大街最顶头的一条坡街上,我母亲一边说一边把手斜起。是坡道,我说道,你现在开始自己造字了吗?我母亲说这个词很有趣。

何塞和胡安在列伊达结下了友谊,从十四岁时起,他们就在列伊达做短工,完成跟成人一样的苦力活。就是在那里,在特诺里奥老爷那个一望无际的庄园里,他们俩发现了绝对自由主义思想,并且以一种难以形容的热情参加了一个农业公社的培训。

现在他们俩都满十八岁了。

他们俩都生在农村,在那样的村子,什么事都是一成不变,千篇一律,有钱人骄奢淫逸,穷苦人则饱受他们的压迫;那样的村子范围狭小,自给自足,长辈的权威跟布尔戈斯老爷的财富一样是碰不得的,每个人的命运在出世的时候就已经确定,在那里永远也不会发生那种能让人生出些许希望,能让人感受到新的气息,能让人看到一线生机的事情。

他们俩都是在一个与世隔绝的地方长大,从那里经过的只有一些郁郁寡欢的驴子和村里仅有的两台汽车:胡安父亲的那辆开去城里卖菜的散架破旧的小卡车和海梅老爷的那辆西斯巴诺-苏莎①。那是一个荒僻偏远的村庄,无论是电视机、拖拉机还是摩托车都还没在那里出现,甚至连个邮局都没有,那里的第一个医生在三十公里开外的地方,那里的人用嘟嘟哝哝的祷告治疗烧伤烫伤,用蓖麻油或者小苏打治疗其他疾病。

他们俩都在一个像母驴一样慢慢吞吞、慢慢吞吞、慢慢吞吞的世界里劳作,一个用手工采摘橄榄的世界,用手臂的力量推动摆杆步犁②的世界,一个要用水罐到泉水井那里汲水的世界。

他们俩都与他们的父亲的权威发生过冲突,他们的父亲都像传统家长那样严厉,是传统的棍棒教育的忠实信徒,坚信传统观念,认为事物永远都必须保持其本来的样子,因循守旧,关闭父子对话的大门。父亲总是按照"就是这样子不能那么做"的不变的逻辑来发号施令,他们只知道说这句他们觉得非常正确的话。

然后,突然之间,他们俩在列伊达发现了与那种传统不

---

① 西班牙著名汽车品牌,1902 年由瑞士工程设计师和西班牙电车制造商共同创建,后定名为 Hispano-Suiza,意为"西班牙—瑞士",20 世纪初为西班牙王室生产御用座驾。
② 一种没有金属犁铧,也没有犁壁,只能划破土壤的表层的犁具。

变观念激烈对立的论断,他们原以为自己只能持有那种传统固有的观念呢。

他们现在知道了,什么事都是可以弄乱,打散,让它风流云散。知道了自己可以拒绝接受那些老生常谈陈词滥调,而世界并不会因此就轰然倒塌。知道了自己可以对那些好为人师者,那些狂妄自大者,那些专横跋扈者,那些奴颜婢膝者,那些卑劣无耻者,对他们说不。横扫一切,他妈的,横扫一切,横扫他们俩憎恨的所有这些苦难。

他们天生的活力被这个波涛汹涌的浪潮吸了过去,这个浪潮把所有的一切都打倒在地,让他们心中的渴望重新复苏。

他们任由惊涛骇浪把他们席卷而去。

他们渴望发生暴动,渴望肆无忌惮,渴望一些未曾经历的大事一直持续到他们死后并且载入史册。他们相信有一场彻底的心灵和思想的革命。

他们相信有这种魔力。

他们说他们现在知道了要把干劲用在哪里。

他们说他们再也无法忍受将自己的渴望放在门外,就像把一把雨伞放在楼道上一样。管他们的父亲们怎么想!恐惧和忍让都结束了!

我们想要生活!

村议会大厅里人头攒动,参会的人数比参加圣周节庆的人数还要多。

村里几乎所有的村民都提前从田里下工，还有一些人为了对这革命的第一天表示敬意穿上了节日盛装。出席大会的村民当中，还有一些像何塞的父亲那样是小地主，但大部分人都是向海梅·布尔戈斯租田种的农民，最穷的则是那些打短工的。

何塞和胡安用手肘和"借光，对不起"从人群中挤出一条路，最后终于攀上讲坛。

何塞发言。

这是他平生第一次。

他说的是他从列伊达听来的和《工人团结报》上读到的像圣经里一样的豪言壮语。

他说：我们都是兄弟，我们要有福同享，我们要同心同德，把公社建起来。

所有的人都被吸引住了。

他演戏似的弄得很夸张。浪漫得要死。一个从天而降、皮肤黝黑的天使。

他说：我们再也不要卑劣的有产者，他们让我们吃苦受罪，把我们的血汗钱收入囊中。我们有他们不了解的力量。现在是动用我们的力量的时候了。今天，我们想过上另一种生活。而且这是可能的。已经变得有可能做到了。我们想过上这样的生活，谁也不能压迫谁，谁也不能唾弃谁，谁也不能跟别人说"你的样子很朴实"这样的话意图使其变得渺小好更好地糊弄他（我母亲：我当时起了一身的鸡皮疙瘩）。我们是不会拿到了几块骨头、身上被拍了几下就会俯首帖耳的。

苦难结束了。革命将不会让任何东西还像从前一样。我们的观念也将发生改变。我们再也不是小毛孩。我们再也不会听天由命逆来顺受。

掌声雷动。

我们五月份去列伊达为一些混蛋家伙做工的时候，那些家伙已经感觉到革命要来了（笑声）。我们要把一切都铲除掉，我们要对剥削者说你们吃屎去吧，我们要成立自由公社。我们也可以在这里做同样的事情。谁能阻拦我们呢？

村民们乐坏了。

何塞变得更加咄咄逼人。你们通过辛勤劳动获得的合法收入却被别人夺走了。这是不公平的。

所有的人都知道这不公平。

听众发出欢呼声。

一个人为了几个子儿像牲口一样干活，这还算个人吗？大家就不能创造另一种生活吗？我们总希望自家的橄榄比邻居家的大，大家就不能放弃这种想法吗？

哄堂大笑。

非常时刻使用非常手段，他说道，就像他在列伊达听到的那样：拿回从我们手里掠走的土地，把土地收归集体，然后重新分配。

这项动议受到了狂热的欢迎。

一个农民举起手指，用假装出来的幼稚的语气问道：

什么时候把女人收归集体呀？

再次爆出哄堂大笑。

群情激奋。

好像惟独何塞的父亲和他的几个小地主朋友组成的小圈子，以及迭戈和他的两个共产党同志不像其他人那样欣喜若狂。

迭戈的嘴角挂着先见之明者的那种嘲讽的微笑，他隐约预感到即将到来的失败。

他决定发言。

他声称自己是替那些生活在一个现实的国度而不是在云雾之中的人们发声。

他说，把土地收归集体的决定过于仓促，引发的后果可能会很严重。

他还说，要小心，要慎重，要公共秩序，要现实主义，要等待，要……

但他那一头红棕色的头发，他那张白皙的面孔，他那柔弱的肩膀和他冷峻的话语非常缺乏吸引力，所以，此时此刻，几乎没有一个听他说话。

这蠢货搅什么局啊？他还没来得及阐述自己的论点，何塞就言辞激烈地打断了他的话。他建议不仅要没收富人的土地，还要把所有的地契和所有的房契都丢进大火堆里焚毁，赞成的请举手。

举起的手臂犹如森林。

提案通过。

房契地契将于二十七日在教堂广场上焚毁。

掌声雷动。欢天喜地。互道祝贺。那些平常最不苟言笑的人也喜笑颜开。那些最不赞同何塞的想法但很快感觉到风向变了的人当即改变初衷，开始比其他人更热烈更大声地发言。

还有一件事情要商议，大厅刚恢复平静何塞便说道：土地分配是按家庭平分，还是按人口分？

下次会议定在六天之后举行并在大会上讨论通过这个问题。

第二天，整个村子都沸腾了。村民们在窗户上悬挂起红黑旗，兴高采烈地张贴标语，兴致勃勃地喊着口号，手舞足蹈，惊叹不已。大家一头扑到送进村里的几份《工人团结报》上，如饥似渴地读着那些激情澎湃的句子：伊比利亚无产阶级的伟大史诗，民兵胜利的游行，在所有人心中回荡着的历史的悸动和如此高尚、充满希望的优秀战士联盟……

两天后，村民的热情渐渐消退了下来。大伙安静了。大伙在思考。大伙在玩多米诺骨牌的时候回想前一天考虑欠周的冲动言行，和占据了他们灵魂的幼稚的喜悦。总之吧，大伙都恢复了冷静。尽管没有一个人胆敢公然宣称自己反对何塞提出的主张，但是有人开始默默地或者口头地反对他的做法。

鞋匠马卡里奥是所有人当中最顽抗的一个，我双六①，

---

① 标准牌中最高的那张牌称为"双六"。

他觉得痛惜的是，那些决议在匆忙之中投票通过了：操之过急！

海梅老爷的儿子迭戈胳膊肘支在吧台上，他赞同鞋匠的说法。

呀！这个红发人也会说话？他也有舌头？居然有这等事！

布尔戈斯的儿子怎么说的？坐在侧座的理发师善意地挤了一下眼睛。

他说呀，迭戈用微笑迎接这些对他本人的评议，他说必须保持头脑冷静，他说强行集体化是无法形容的愚蠢行为，搞那套安那其的把戏会把什么都搞砸，别人会讨厌你们的，这得不到欧洲的支持，因为欧洲一想到革命就被吓得屁滚尿流。

你也许以为只要我们眼睛长得漂亮欧洲就会跑来帮我们？曼努埃尔问道（此人是何塞那一伙的，是西班牙全国劳工联盟成员），你以为欧洲会愚蠢到那种程度，会因为我们长着该死的漂亮脸蛋而跑过来吃枪子？

我只是说，迭戈冷冷地说，我只是说没有必要用那套愚蠢的巴枯宁学说让欧洲处在惶恐之中。没有必要。

小家伙说的没错，马卡里奥说道。这家伙聪明绝顶。年纪虽然不大。

三天后，村民已经完全清醒，对自己一时头脑发热懊恼不已，他们流露了自己的疑虑和不断增加的不安情绪。在福儿咖啡馆，辩论正激烈地进行，如此激烈，以至于村民一点玩牌的心思都没有了。夸张的语句，辩论，我摸牌，呵斥，骂娘，惶惶不安的臆测，我过牌，苏格拉底式的阐述，塞万提斯式的情感迸发，对四，反对剥削者的热情洋溢的长篇大论，和风细雨式的评论，到你出牌了，抱怀疑态度的嘲笑，他是在自摸还是怎么的，建议和反调一个接一个或者相互贯穿，每说两句话都会有节奏地加上妈的，为了加强话语的分量，还会加上一句：我在上帝头上拉屎，或者我操你妈的，为了增强效果常常简化成我操，简单省事。

在这些乱哄哄的大辩论中明确了两件事：

1. 那些狂热投票通过提案的人现在正焦躁不安地担心它所引发的后果；

2. 反对土地集体化的村民人数在不断上升，仅一天工夫便从十人上升到了三十人。

四天后，被热烈气氛提振起精神的最懒洋洋的舌头上搭载的都是狠话。

所有的人或者说几乎所有的人现在都声称要秩序，要纪律，需要他们的铁腕。

当然，他们都赞同革命，谁会怀疑它呢？但是他们不相信骚乱的煽动者，这些煽动者输入的是几个邪恶的东方人倡导的一些乌烟瘴气的思想。

他们说，聚集在城里的都是些流氓，他们最先占领城市。

他们说，何塞在列伊达和那些流氓来往，我不奇怪。

说他让可怜的爸爸感到绝望。

说他是个古怪的家伙。

一个异端。

说他相信共同幸福。

多么恐怖!

说他相信人们加入这些名噪一时的公社,就会变善良、正直、诚实、慷慨、聪明、勇敢、冷静、和蔼、懂得感恩……

还有什么呀!(大笑)

他还相信所有的冲突都会奇迹般烟消云散。

多么无聊!(大笑)

他还相信大家将来什么都不用做了,每天都是礼拜天!

啊不!饶了我吧!每天什么都不做在家里等死会烦死的!

他还相信死人会复活(大笑),还有成千上万类似的奇迹发生(大笑)。

何塞和跟着他的那帮家伙还拥护离婚。

我的妈呀!

他们还拥护一夫多妻!

一夫多什么来着?

拥护同时和十个妓女乱交的权利。

这样啊!

在他们建立的迷人的公社里将流行那种纯如朝露的男女自由恋爱,这种公社只是一些欲火焚身的色情狂的痴心妄想而已（说来说去总会回到跟性器相关的东西上，那也是最折磨人的东西）。

而且，说到搞屁股，何塞是个很特别的家伙：我们都不知道他是不是有女朋友，真奇怪，他难道是同性恋？

总之，大伙提出了成百上千条理由，从最似是而非到最荒诞不经，唯一的目的就是要对之前的决定反悔。最后大伙终于拿出了如下坚实的理由：谁会蠢到那种程度，竟然相信我们可以不需要一个长着大鸡巴蛋的领袖而且群龙无首的情况下不会自相残杀？再说，没有钱没有权利，显贵和普通人如何能区分开？

所有这些对何塞的想法所持的保留意见全都坦诚地表达出来，把他们团结在一起，就像几天前的那个革命的思想把他们团结在一起一样。

四天后，那些之前还遮遮掩掩的保留意见现在可以大声说出来了。

第五天，所有的人或者几乎所有的人都放弃了之前通过的决议。

第六天，是召开第二次大会的日子，会议大厅座无虚席，因为事关退出。

女人们也来了，她们不请自来，让一些人愕然，她们当中的一些人气急败坏，另外一些是被争吵声吸引过来的，大部分人则是出于担心，担心她们的丈夫迷恋不切实际的幻想，而最贫苦的那些女人则想借机发声，想说出她们心里想说的话，这句话就是：停止！

何塞和蒙特丝的父亲本人率先站出来，试着表达他对一个星期之前通过的那些决议的不同意，他笑着说，自己有被儿子枪决的危险（大厅里响起了笑声）。他说自己劳碌了一辈子，就是为了让自己的土地长出果实，他珍视那些土地就像珍视自己的眼睛一样，他觉得等仗打完了再考虑那些更加极端、也可以说没那么极端的措施，总之没那么极端吧（会场上响起对他的观点表示赞同的窃窃私语声）。

然后，轮到迭戈发言。他的语气粗鲁，严厉，庄重得像个部长。他想显示自己的刚毅。他想显示自己是个有种的血性男儿：措辞严厉，不感情用事，讲话有分寸以显示他和其他那些狂热的"红与黑"革命党之间的不同。

他不赞成那些蛊惑人心的计划和打着革命旗号的胡闹。所有浪漫青春期的高谈阔论（从《工人世界报》上读来的句子，该报是他的思想库），不过是绝对自由主义的云雀羽毛上闪着光泽的高调（从《工人世界报》上读到的句子），那些一边用镶着闪光片的谎言去糊弄幼稚者的烟雾弥漫的虚构故事（《工人世界报》上读到的句子），出售幻想的商贩的那些奇妙得叫人难以置信、不断地延期兑现的允诺，他都十分提防，就像提防瘟疫一样。

所有那些跟现实没有关系的连篇废话很有可能给整个村子带来灭顶之灾（这几个字对这些农民震撼很大）。在这个节骨眼上必须说"行啦"。那只是一些冒险计划，能迎合当下大家的希望，但最终只会是一场灾难。

有百害而无一利，他用那种给人印象极深的凝重神色，冷酷而又言之凿凿地说道。

这是建立在推理基础上的。

村民们都点头。

他要迎接人们的需要（我感觉听见的是"我们的需要"，我说道。他们都是一丘之貉，我母亲说道）。因此，脚踏实地、认清现实（现实这个词同样给人印象强烈）、给急切实现理想的愿望降降温，表现出政治上的成熟，看在上帝的份上。全是胆小鬼的那种诡辩，气得发抖的何塞嗫嚅道。

迭戈指出几天来，村里处于令人懊恼的无序状态，他呢，他不会像某些人那样去继续添乱（他妈的，我会打烂他的那张臭嘴，何塞喃喃道），他主张采取补救措施。恢复秩序、严谨、纪律。没有这些，其他的都不可能实现。

密集的掌声。

何塞恼羞成怒，决定发言反击。他竭力掩饰自己的慌乱，抑制住心的狂跳，他抛出的是那些神奇的大话：公社、正义、自由，在刚开始骚乱的那几天，这些词语攫住了村民的心，但一旦被大家滥用，很快便贬值了。现在发生的就是这种情况。这些词语变得黯淡无光，再也点燃不了刚开始时的那种热情。过去的那几天何塞的神奇话语令人着迷不已，而今天迭戈的理智给人印象深刻，没人怀疑这种理智（努力过活与消极度日，开心的一天和不开心的一天都得习惯，我母亲如此点评,她讲起话来有时像广告员。)

迭戈更讨人喜欢,因为他刚刚发表了这条合理得不能再合理的意见:谁想土地集体化就把土地交给集体,谁想继续像以前一样就继续跟以前一样。这么说话想必所有人都满意。这就叫政治意识。把全部土地收归集体为时过早,他说道,甚至是危险的。至于焚烧房契地契,暂缓执行或许更明智。

可是为什么要等呢?何塞怒不可遏地反问。

迭戈斩钉截铁地说先要打赢战争,然后才能进行革命。任何其他决定,他说道,都有可能是不负责任的,会危害所有的人的平静生活。

他的话说得很在理呀!

村民们差不多是一致同意他的意见。

大会在大多数人通过这项决议的时候结束,今后将由迭戈来做必要的安排,好让大会通过的决议得以执行和遵守。他将在村政府设立总部,在这个不幸的时期,他这么做对广大百姓来说代表了一种安全。经过前几天的骚乱,他将严格确保秩序,制止所有不遵守已经被大多数人议定的决议的行为。

这是迭戈一生中最重大的时刻。他的复仇。他热切地渴盼了好几个月好几年的秘密计划终于如愿以偿,先要教训教训何塞以及何塞身边的那帮伙计,然后还有那些一看见他就碰同伴的手肘噗嗤噗嗤地笑的愚蠢小娘们,最后还有那些庄稼佬。十二年来,他们避他唯恐不及,十二年来,他们都在嘀嘀咕咕地说他是只狐狸,像狐狸一样狡猾,像狐狸一样坏心眼，一样虚伪。

何塞呢，他显得狼狈不堪，自尊心也有些受到了伤害，他心里暗想：明天还没到呢。

就在何塞被村里那些事弄得不知所措的同一天，贝尔纳诺斯看到一辆满载脸色阴郁的囚犯的卡车从帕尔马大街上驶过。这幅悲惨的景象，路人仿佛视而不见，没有在他们身上激起任何反感，没有在他们身上激起任何抗议，没有在他们身上激起任何怜悯的举动，这幅悲惨的景象紧紧地揪住了他的心。

他的天主教徒荣誉感直到今天都拒绝承认的东西，现在都展示在光天化日之下，他再也不能视若无睹。因为他亲眼目睹的景象消除了他的犹豫：每天傍晚在那些偏远的村庄都有人被劫走，就在他们收工的时候。都是些既没有杀人也没有伤害过任何人的无辜者，贝尔纳诺斯说道。他看着这些人有尊严地勇敢地死去，他欣赏这种尊严和勇敢。这些正直诚实的农民，就像我们小时候见过的那些。这些农民刚刚合法地获得了他们的共和国，他们为此感到幸福，而这便是他们的罪行。

这是在黄昏时分。通往村子的公路上空气变得更加清新。一个农民走在回家的路上，肩上挎着一条装着水壶和大块面包的褡裢。他很疲惫。他饿了。他急于赶回家中，坐下来。他一整天都在用长竹竿帮费尔南多老爷打巴旦杏树上的果子，费尔南多是当地的一个大地主，雇他做季节工。妻子已经把盆碗都摆到了餐桌上，餐桌中央有面包、葡萄酒和热汤。她点亮油灯，坐下来等丈夫，随着夜幕的日渐降临，丈夫的出现能让她安心，不再害怕在地上慢慢拉长的黑影。

她听见了丈夫熟悉的脚步声，她能从成百上千别的脚步声中辨出哪个是他的。但是，她的丈夫甚至都来不及坐下，一支清洗队就闯进了他们家，把他揉进一辆卡车的后车厢，清洗队中的一些成员还不到十六岁。这是最后一趟旅行。最后一次散步（人们就是这么说的）。

有时候，清洗队在深更半夜行动。一些人用枪托敲击疑犯家的大门，或者用万能钥匙进入他的家中。他们冲进沉睡的客厅，歇斯底里地在衣柜的抽屉里翻寻，一脚踩进夫妻俩的卧室，命令被吓醒的男子跟他们走一趟以便接受检查。试图凑合着把衣服穿上的男子被他们推向门口，背带从衬衫的衣摆下面露出来，他挣开哭哭啼啼的妻子的手：你告诉孩子们我……他们用枪托捅他的背，让他爬进卡车的后厢，车厢里其他疑犯都低头坐着，一言不发，手搁在睡裤上。卡车摇摇晃晃地上路了。几线希望。之后卡车离开大路，拐进一条泥土路。疑犯全都被赶下车。他们被排成一排，然后被枪杀。

几个月里，贝尔纳诺斯写道，"行刑队被专门征调来的卡车从一个村庄送到另一个村庄，枪杀了成千上万个被视为可疑的人"。而帕尔马那个最厚颜无耻的大主教，尽管像所有的人一样对滥杀无辜的事心知肚明，但他并没有减少在这些行刑者身边露面的次数，每次他都可以做到的，但他好像什么事也没有发生过一样，"站在那些行刑者身边，众所周知其中就有一些行刑者亲手杀害了近百号平民"。

就好像什么事也没发生过一样,神甫们向他们的教徒分发圣像,圣像上的十字架周围写满了教规(我母亲在照片箱里就保存了一张)。

就好像什么事也没发生过一样,卡洛斯派的新战士,衬衣上缝着耶稣的圣心,以基督大王的名义处决那些被宣布为可疑分子的人,仅凭可疑分子这几个字命就没了。

就好像什么事也没发生过一样,卖身投靠那些刽子手的西班牙主教以主之名,为他们制造的恐怖唱赞美歌。

就好像什么事也没发生过一样,全欧洲的天主教会都噤若寒蝉。

面对这种下流无耻的虚伪,贝尔纳诺斯的厌恶之情难以言表。

许多年后,我也是这种感觉。

在村里举行的最后那次大会结束后,何塞走出会场时整个人都懵了,暂时被剥夺了一切反击能力。

但是,跟胡安一起从那条狭窄的街道往下走的时候,他很快又打起了精神。

我真是个大笨蛋啊!他原以为自己那套美好的想法只有赢的份。他原以为那些想法引起的疑惑可能一摆手便可以扫除。我真是笨蛋大王啊!他原以为存在比占有更强大(他在一篇报刊文章中看到了让他狂喜不已的存在观和占有观)。它毁掉了我的斗志。他没有估计到,没有估计到对那帮乡巴佬而言，失去他们那些讨厌的山羊和破旧的房屋是多么可怕的事。

你疏忽了很重要的一件事，他们的墓地出让，胡安说。

失去山羊和房屋的恐惧比呼吸革命的红玫瑰的芬芳的愿望要强烈得多（嘲讽和凄然的冷笑）。

这是他得到的第一个教训。让他痛心疾首。

他不得不认识到，所有可能为他们打开心灵和视野的愿景对他们而言都是深渊。他们想要的，是平淡，是沉闷，是不变。这个发现让他懊丧不已。

胡安有一点爱说教，他开始滔滔不绝地解释这种墨守成规，可是让他失望的是，何塞听的心不在焉。我很遗憾地告诉你，我的伙计，这里的农民可不只是对一成不变屈服，恰恰相反，他们无比珍爱它，就像珍爱季节的不变的轮回，就像他们珍爱种在不变的山冈上的那些不变的橄榄树，就像他们珍爱那些把他们和布尔戈斯家族建立起来的一成不变的关系，在这个家族面前他们的卑躬屈膝从不曾改变……

就像他们珍爱他们一成不变的偏见，这是最要命的，何塞插了一句。

一切新生事物，胡安继续往下说道，他平时不是很健谈，但他觉得弄一些句子出来能让他稍稍平静下来。在这种主宰他们生活的一成不变的秩序当中，一切对他们有利的新生事物都好像是罪孽和犯规，而且（他装出很深沉很博学的样子），而且严重违反能量守恒定律，因为能量守恒定律要求一个孤立系统的总能量随着时间的推移保持不变。

假如你从科学的角度进行解释,何塞半沮丧半开玩笑地说。

那他们就会沉浸在自己的苦难之中,还觉得合情合理,而实际上他们是被一些陈规缚住了手脚,一些陈词滥调和三五条愚蠢透顶的格言使这些陈规变得更加根深蒂固。

隔山的金子不如到手的铜,何塞傻乎乎地嘟囔了一句。

老兄,你想一想,一九三四年的阿斯图里亚斯①暴动,为什么其他地方的民众纷纷响应,我们这些村民却没有揭竿而起?是因为,我提出假设,是因为那种迎接共和国宣言的大众热情让他们坚信这种新的社会制度对他们的生活无论如何都不会产生丝毫的改变。另外,他们声称,美国人的那种安逸,他们才不在乎呢。

可是给他们的提议根本不是那么回事!何塞气愤地说道,怒不可遏的他突然加快了脚步。

两人现在正从布尔戈斯家的那栋豪宅前经过,这时何塞的怒火转到了迭戈那个野小子身上,这野小子用花言巧语蒙蔽了所有的人。

那个红毛杂种要把所有的一切全都搞砸。我感觉那个王八蛋,他会把所有的一切全都搞砸。

你看见他是怎么糊弄村里的人,怎么用"小心""冷静""悠着点""再等一等什么也不会失去"所有那些该死的故作镇静来骗取村民的信任的。真是混蛋!

---

① 西班牙北部的一个单省自治区。

那些傻瓜真是活该!

他们全都是自投罗网,全都烤熟了。

一帮蠢货啊!

蠢驴!

拜托,别说我们家驴子的坏话!

他们只知道棍棒的意思,无论是在政治上还是在其他事情上。

跟那个红毛杂种混,他们会吃不了兜着走的!

操他妈的!

真让我恶心!

让那些大傻子统统见鬼去吧。

必须离开这个鸟不拉屎的破村庄了。

何塞便是在这个确切的时刻拟定了离开村庄的计划。

他向他的小伙伴陈述他刚才一眨眼工夫在肚子里冒出来的计划:他们要一起开着胡安父亲的那辆小卡车去大都市,在奥维多家的公寓里住几天,他姐姐弗朗西斯卡在那里做女佣,然后他们参加杜鲁提①的特遣队,从那帮卑鄙的民族主义分子手中夺回萨拉戈萨②。

蒙特丝把姐姐弗朗西斯卡新寄来的那封信念给父母听(父母不识字),在这封信中,弗朗西斯卡不无自豪地说,她

---

① 布维那文图拉·杜鲁提(布维那文士·杜鲁提,1896—1936),西班牙安那其运动和西班牙内战时期的代表人物之一,杰出的安那其战士,西班牙内战时期安那其革命武装力量的重要领袖。
② 西班牙第五大城市,位于西班牙东北部。

的主人一家刚刚从城里逃走，走的时候把公寓的钥匙留给了她，因为他们信任她。主人家非常有钱。男主人是一家饼干厂的厂长，女主人呢，她系出名门，有一个由多个姓名组成的复合名字。他们非常害怕革命，把家里的珠宝首饰藏到了地板木条下面，转了一些钱到瑞士的银行之后，就逃走了，金戒指戴满了手指，金表戴满了手腕，准备躲到女主人在布尔戈斯的娘家去，但她娘家已经落到了佛朗哥分子的手里。

后来发生的事情证明两位主人信任弗朗西斯卡是对的，因为，暴乱发生的头几天，当民兵不断地闯入富人的公寓，当着处变不惊的国民卫队的面，把所有贵重物品从窗户那里丢出去时，弗朗西斯卡以大无畏的勇气让主人的家躲过一劫。

弗朗西斯卡守在门口，昂首叉腰，对民兵说，与其要她背叛主人对她的信任，还不如从她身上踩过去，因为主人对她那么好，只是样子看上去有些像法西斯而已。她那斩钉截铁的语气把四个民兵给镇住了，他们没有强行闯入，尽管他们很想进屋去把里面的东西洗劫一空，痛快地发泄一通，痛快地报仇雪恨。你们给我滚开，她声色俱厉，于是他们从楼梯那里下去了。

你怎么想？

太棒了！

七月二十九日，何塞告诉蒙特丝，他已经下定决心离开家了。他天真地希望自己的家乡有朝一日变成一个自由公社，此刻他也一样天真地希望在工业城市，人们受教育的程度更高，在政治上更有主见，在集体决策上更有经验，那些人对绝对自由主义主张会更加敏感，这种绝对自由主义主张已经燃起了他心中的那团火。

在这里，他感到窒息。

太多的怨恨，太多的妒忌，太多的恐惧，都在以政治的名义上演。

他想走出去见一见其他的生灵，跟村里这些粗人和他们的山羊不一样的生灵。想去见识见识女人，他妈的！想登上街垒！想进城，那里一切正在上演！

而且，他所在的村子让他惶恐，手腕上缠着念珠的母亲那些劣等虔敬品让他惶恐，无论他们拉出来的是什么东西都会跑过去啄食的母鸡让他惶恐，他父亲的专横和他那阿拉贡人的固执让他惶恐，那些一见有男子碰一下他们的女儿就想在她们的婚姻上打算盘的父母让他惶恐，而这些傻村姑不惜一切代价都要守住她们的处女身，以至于没有别的办法，只能找一头驴子来吮鸡巴（蒙特丝不信，笑着说：什么呀！找驴子！真恶心！），这些傻村姑让他惶恐。

一想到一辈子都固定在同一个地方生活，做着跟父亲一模一样的动作，用同一根竿子敲打同样的巴旦杏，在同样的橄榄树上采摘同样的橄榄，每个星期天都在同一家名叫"福儿"的咖啡馆喝得酩酊大醉，然后操（这个字他是喊出来的）同一个女人一直操到她死的那一天为止，一想到这些他就沮丧不已。

那你去哪里住？

去弗朗西斯卡那里。

哪来的钱啊?

我要去当兵,去萨拉戈萨前线跟杜鲁提一起作战。你想跟我一起去吗?

何塞的提议让蒙特丝心中充满了自豪,她感觉自己马上加入了正式的革命者的队伍。

亲爱的女儿,你要知道,仅仅一个星期的工夫,我的词语宝库里就增加了许多新词:专制、统治、资本主义叛徒、无产阶级事业、被榨干的人民、人剥削人,等等,我知道了巴枯宁、蒲鲁东的名字,《人民之子》中的言论,CNT,FAI,POUM,PSOE① 的意思,好像有点甘斯堡的味道②呀。那时候我还是一张白纸,傻乎乎的,你笑什么?我啥也不懂,因为父亲不让去所以我从未进过福儿咖啡馆,我还以为孩子都是从屁眼里拉出来的,我连接吻都不知道是怎么回事因为从没看见两人么么做过也没有电视教过我,更不知道如何发生行为(我母亲把性行为说成行为),不知道69式,不知道口交,什么都不知道,那样一个懵懂无知的我在一个星期时间里就变成了一个令人震惊的安那其,准备义无反顾地放弃家庭,毫不留情地践踏我母亲的感情。

---

① 分别为全国劳工联盟、伊比利亚安那其联盟、马克思主义统一工人党和西班牙工人社会党的简称。
② 塞尔日·甘斯堡(1928—1991),法国歌手、作曲家、钢琴家、诗人、画家、编剧、作家、导演,法国流行音乐的重要人物,其歌曲中常加入大量巧妙的文字游戏,如拟音词、首音互换等。

蒙特丝一下子就答应了哥哥的建议。

答应完了她又有些犹疑:

老爷子他同意吗?

她哥哥哈哈大笑起来。

从这一天起,没有人会依赖另一个人的大发善心,没有人会依赖爸爸们的大发善心,妈妈们的大发善心,也不会依赖任何人的大发善心!

蒙特丝还是坚持要跟妈妈说一声,妈妈乍一听就开始悲叹,我的上帝啊!跑去跟那帮野人搅在一起!灾难啊!仁慈的上帝啊,我这是造了什么孽啊?诸如此类。

何塞嘟嘟囔囔地说,世界上所有的压迫中,从母亲们那里受的压迫最深重、最普遍、最阴险、最有效、最暴虐。这种压迫不紧不慢但必然会让我们遭受所有其他的压迫。

你闭嘴!母亲喝叫道。

何塞一脸淡然地服从了母亲的命令。因为何塞实际上非常听妈妈的话。

七月,一个和煦的早上,确切地说是三十一号,蒙特丝爬上了卡车的后厢,坐在胡安的未婚妻罗西塔旁边,何塞和胡安则坐在前头。

何塞义无反顾地走了(我母亲说道)。他从没想过要在村子里称王,他并不追逐权力,而那些老农说话模棱两可,觉得他在哗众取宠。他跟迭戈不一样,迭戈那个人,就像你说的,野心勃勃,他说的那些话,他的所作所为都好像有什么不能告人的目的，何塞却有一颗纯净的心，我亲爱的女儿，你别笑，纯净的心是存在的，何塞是个绅士，不是我夸口，他为人豪爽，喜欢款待他人，款待（régaler）这个词是法语吗？他把自己的全部青春和全部热情都献给了他的梦想，他就像一匹脱缰野马一样投入到他的宏伟计划之中，只为了建立一个美好的世界。你不要笑，在那个年代像他这样的人有很多很多，可能是时势造就英雄吧，他为了这个计划挺身而出，不计个人得失，没有什么个人的小算盘，我可以理直气壮地这么说。

告别的时候，母亲穿着自她父亲死后就一直穿在身上的黑色孝服（她那年十七岁），和他们俩紧紧拥抱，就仿佛是永诀一般。愿上帝保佑你们！

她起先想把一条吊着圣母像的金链子挂到何塞的脖子上，但是有胡安在场，何塞觉得很没面子，所以他将妈妈一把推开了。她对蒙特丝说：过马路要小心！她对何塞说：看管好你妹妹！她对罗西塔说：别干傻事。

然后，她一动不动地伫立在那里，不住地挥手，直到小卡车在最后那座小山谷后面消失不见，如同坠入深渊。就在卡车消失不见的那一刻，母亲嚎啕大哭起来，她跑回屋里，躲进了厨房。

蒙特丝答应母亲自己一到那里就给她写信。

她显得很平静。幸福而又平静。

她感觉幸福而又平静，仿佛是出发去度假，尽管脑子里装的全是战争。可是，当她看见母亲的黑色身影在远处缩小直到变成一个小黑点时,她想到了一件事,让她难过了好一阵子:她心想,父亲会责怪母亲把他们俩放走,他会不停地虐待她,辱骂她,甚至动手打她耳光(在那个年代这种事太正常不过了,我亲爱的女儿),因为折磨她能减轻他本人的痛苦,让他疲惫不堪的身体得到放松;她心想,母亲将会独自一人面对令她畏惧(这在当时同样是非常正常的事情,我亲爱的女儿)的父亲,何塞和她都不能在那里帮他们打圆场并且扛下父亲打算让妻子和孩子们以及他们之外的所有那些让他筋疲力尽让他感到压抑的事情挨的皮鞭,在鞭打他们的时候父亲会把那些事忘掉一些。

小卡车在那条通往大城市的下行公路上颠簸行驶,在他们经过的村庄,他们举起拳头,迎接他们的是欢叫声和"共和国万岁!革命万岁!无政府万岁!"或者"自由万岁!"的欢呼声。

蒙特丝的母亲那天下午在路上碰到普拉太太,普拉太太告诉她一个可怕的消息:米盖尔神甫半夜里逃走了,因为他害怕那些嗜血成性的布尔什维克分子把他开膛破肚。

圣母啊!蒙特丝的母亲在胸前画着十字。上帝啊,该怎么办啊?

这是一场灾难,普拉太太长叹一声,喃喃道。

她越想越怕,胸口开始出现钻心似的痛,就在这儿(她指着心脏下边的一个地方),像针扎,像火舌穿胸而过。

像火舌吗?蒙特丝的母亲问道,像在说什么无关痛痒的事（从早晨开始她就沉浸在自己的思绪中，找不到合适的话，她只顾得上抑制自己的忧伤、忍住自己的眼泪）。

像鸡巴，我母亲一边评论一边哈哈大笑。

我母亲做出如此这般的评论我需要做一些解释。自从我母亲出现记忆障碍之后，说粗话能让她感到由衷的快乐，这七十多年间她都没让自己说过。这种表现在这一类病人中很常见，她的医生是这样解释的，尤其是那些小时候接受过严格教育的人，疾病为他们打开了审查的安全门，说什么都不必经过自我审查。我不知道医生的解释是否正确，事实上，我母亲在骂她的杂货店老板是傻瓜，骂她的两个女儿（露妮塔和我）是小气包，骂她那位运动疗法医生是荡妇，一有机会大声说臭逼鸡巴蛋他妈的臭狗屎的时候，她确实流露出由衷的快乐。她一到法国就那么努力地纠正她的西班牙口音，努力地说出一口纯正的法语，注重穿着打扮一直让自己更符合她心目中的法国范儿（作为一个外国人，她的这种过于严格的趋同特别引人注目），现在到了晚年，她要撵走那些小小的习俗，不管是语言上的还是其他方面的。跟海梅老爷的姐姐、迭戈的姑妈普拉太太恰恰相反，普拉太太在走向衰老的过程中只是更加严格地遵循这些习俗，以圣父圣子和圣灵的名义。

普拉太太又名圣女普拉的圣徒传记

五十岁就开始寡居的普拉太太，早就把冲动引起的渴望转移了，那些冲动折磨着她那贞洁得无懈可击的身体不同器官上的肉，然后不计其数的病痛便接踵而至。一天她的胃不舒服（午餐吃的小胡萝卜留在了胃里），第二天她的头很重（那些布尔什维克分子的骚乱破坏让她心事重重愁眉不展），第三天会阴区出现一阵阵剧痛或者最不雅观的腹气胀（必须用盐水灌肠，才有可能排掉里面的胀气）。

她的整个身子都在抗议她的灵魂强加给她的严格审查，这种抗议，必须说的是，遭到了全家人最自私、最残酷、最一致的冷遇，因而变得更加强烈。

最令她愤慨的，是她弟弟海梅老爷可以说是对她下了禁令，不许她成天在那里抱怨这里痛那里痛，他竟敢说她是无病呻吟，说都是她的火爆脾气引起的（火爆屁气，对不起，开个玩笑，我母亲大笑着说道）。

她的侄儿迭戈则以那种年轻人特有的偏执，断言她不过是想用她那数也数不清的病痛来麻烦周围的人，毒害已经相当腐臭的家庭气氛。

普拉太太遭受病痛的折磨，却遭受如此不公正如此缺乏怜悯心的评价，觉得挺心寒。但是她隐隐地相信自己吃了这么多苦将来会在耶稣基督和他那一群粉红天使那里得到回报，这么一想心里便有了一丝安慰。因为普拉太太在一个虔诚的母亲和圣心学校的姐妹中间长大，小小年纪就受到天主教的耳濡目染。七月份发生了那么多大事之后，小时候那些让她觉得不胜其烦的宗教教义如今看来确实具有一种很疯狂的特质。

普拉太太开始用一种举行圣体圣事般崇高的热情，为佛朗哥发动的圣战进行辩护，佛朗哥，那可是她敬爱的领袖，绝对的天才，上帝派来的救星，新西班牙骁勇的缔造者，崇高事业的捍卫者，要同不信教（亵渎宗教的人）的人作斗争，要消灭与两个臭名昭著的刽子手同流合污的民主坏疽（一提到他们她就会发头痛病，就要马上做熏蒸疗法）：什么宁巴枯枯巴宁巴枯宁的，反正就是一个鼓吹剥夺财产剥夺富人的俄罗斯魔鬼，还有一个名叫斯大林的神经病，这两个人都跑到这里来野蛮践踏西班牙民族祖先传承下来的道德标准，西班牙民族才是其合法的纯粹的继承人，不要忘记，这些永恒的道德准则的根基是由这些东西组成：

1. 基督教的虔诚；
2. 热爱自己的民族；
3. 非常具有西班牙特色而且总是行之有效的大男子主义，或者又粗又硬的大胡子和大鸡巴（我母亲说的）综合征，这种综合征会根据场合和环境通过骂人或者扇耳光表现出来，但普拉太太忘记提及，这个不幸的女人心中已经累积了太多太多的痛苦的理由。

在前面提到的那两个无耻之徒后面，普拉太太还连带加上了杜鲁提那个安那其恶棍，这恶棍就该去坐牢，另外还有阿萨尼亚[①]总统，丑陋的外貌便是他灵魂堕落的印证（在报

[①] 曼努埃尔·阿萨尼亚·迪亚斯（1880—1940），西班牙政治家，西班牙第二共和国总理和总统。他试图组建温和的自由主义政府，但因西班牙内战爆发而受阻。1939 年共和国失败后流亡法国，不久即去世。

纸上一看见他的照片她就感到窒息),一个懦弱无能、优柔寡断、低声下气的人,企图建立那些苏维埃分子鼓吹的平均主义的恐怖制度,换言之,就是要卑鄙地将高等动物贬低成平庸之辈,让所有的人都遭受不幸。就好像把你明白我要说的那东西①拿来平分,就能从某种程度上减少人类的苦难似的!

礼拜天做弥撒的时候,她背诵那些她在现实行动中执意否定的东西(对同类的爱以及与之相关的崇高思想或行为)。"但谁不是像那样呢?"我反问道。"我不是!"我母亲无辜地回答道。她一边诵经,一边恨得发抖,因为她前面就是那帮全国劳工联盟的年轻人,是村里的强盗和坏蛋,何塞则是他们的头领。

你懂的,我的孩子,我母亲对我说,普拉太太尽管人很刻板,尽管她恨天主教被冒犯,但她是个圣女,所有的弥撒她一个也不落,看见欧洲的一部分落入唯物主义手中她的心都在泣血,她把自己的全部心思都用于心灵的完善,通过抑制所有的快乐和尘世间所有的享乐来实现这种完善。你说这是辛辣的讽刺吗?可是如果真是辛辣的讽刺我又能有什么办法!

普拉太太从外表上看是个常常遭受侮辱的圣女,即使是在她非常平静的时候,但尽管她很圣洁,她只把天主的仁慈给少数几个值得称道的灵魂和公认的天主教徒:

——首先,给米盖尔神甫,他是大家一致公认的尊奉教

---

① 指屎一类不便说出口的东西。

规并且宣过誓的赎救者,普拉太太把自己的那一包身体和精神上的痛苦都寄存在他那里,直到那个要命的日子(他逃跑的那一天),作为交换她把一个装满了钞票的鼓鼓囊囊的信封(我母亲说:那不是她自己挣来的钱)交给神甫,从某种意义上说,那是她的精神贷款,每月一次,她把这个包着信仰费的封包塞进神甫胖乎乎的手里。神甫垂着眼睛,嘴巴像涂了蜜糖一样喃喃道:上帝会还给您的!但在那种宗教用语特有的含混不清中并没有明确还款将会以一些什么样的形式进行。

——其次,是那几个数大串念珠的女人,她们太过脆弱以至于无法抵抗(她的怜悯),其中就有蒙特丝的母亲,养那么个儿子真可怜!另外还有十来个虔诚的女人,为了奖励她们的虔诚(她从来都不是完全确定她们是不是真虔诚,因为人都很阴险),她都会搜集一些实物进行施舍,就是些穿旧了的衣服(这个事蒙特丝知道一些情况,她就收到过普拉太太送的旧裙子,当然她收下时心里不是很情愿)。

因为普拉太太喜欢减轻穷人的苦难,做这种事可以让她解闷,对她而言是最好的散心,我甚至可以说是一种可以有效对抗她那些背信弃义者的消遣,那些背信弃义者跟她的身体不适一样不计其数,无论是从它们的表现还是受影响的器官的种类上都不计其数,尤其是生殖泌尿系统。

没有丈夫,没有孩子,没有职业,为了战胜它们(她身体上的不适),她致力于开展家庭秩序的整顿,这些活动真的具有催泄的功效:严格管理平底锅和锅盖的摆放,遵照一丝不苟的顺序,细心观察每一件银餐具,用白醋连续洗涤,在前厅墙纸颜色的选择上与弟弟发生激烈争执,她想用血金色,用如此美丽、如此具有象征性、如此具有西班牙特色的国旗的颜色。干脆画上束棒①和与真人同样大小的墨索里尼像吧,她弟弟用挖苦的语气插了一句。姐姐气呼呼地耸耸肩。这么多的任务成了排泄口,用来排掉她内心的骚动和被痛苦粗暴地打发掉的强烈性欲。

自打战争爆发,除开这些不计其数的操心事,她侄子迭戈最近发生的政治主张的转变又让她苦恼不已,迭戈被一个名叫卡尔·马克思的人的进步思想所毒害,卡尔·马克思,听到这个名字就够受了!她祈求上帝原谅他的背教,为备不时之需,她还偷偷地在卧室里点了很多蜡烛,一边祈祷自己能够如愿地让这个被她寄予了那么多希望的可怜孩子能从共产主义的黑暗中走出来,迷途知返,重新走回天主教的神圣的光明之路。万能的主啊,一个很小的时候就遭受被人遗弃之苦、被一些没心没肺甚至非常有可能是共产分子养大的年轻人,这样的年轻人误入歧途情有可原啊。

她暗暗地希望她的侄儿与莫斯科以及那帮主张共和的歹徒的侮辱性结盟只是一个轻率进入一条万劫不复之路的年轻人一时的心血来潮,这种心血来潮随着时间的推移和婚姻的到来会逐渐停止,因为婚姻,按照非常神圣的罗马教皇那句非常神圣的话,婚姻是让最不正常的人回归正道的最有效的

---

① 意大利法西斯党标志。

灵丹妙药。

说实在的,侄儿的胡闹好像让她很兴奋,就像布尔什维克的卑劣行径让她兴奋一样,那些布尔什维克居然让人把法国卢尔德①的圣窟给炸掉,太恐怖了,太恐怖了,简直是世界末日啊!你失去理智了,她弟弟对她说。我在报纸上读到的,她反驳道。别读那个报纸,她弟弟建议她换份报纸。这个弟弟经常告诫她不管讨厌什么还是喜欢什么都要有节制要适可而止。

所幸的是,德国飞机飞到了西班牙上空,让她惴惴不安的心感到莫大的鼓舞。她甚至在飞机的机身上看到了那个加得有些多余的标志②,证明她那个万能的上帝在亲自关心西班牙,他的助手、英勇的弗朗西斯科·佛朗哥·巴汉蒙德给予了有效的辅助,蒙主惠恩西班牙人的领袖③。

村里没人不知道她的仇恨和政治倾向。但是由于根深蒂固的传统,大家都不会去碰海梅·布尔戈斯·奥夫雷贡家族,就像不会去碰霍塔舞的节奏,就像不会去碰老黄历一样。大家都尊重这个家族,几个世纪以来,这个家族享有正直和体面的名声。还不只是尊重,大家都很喜爱这个家族,对于普拉太太对民族主义者的持久不变的支持,对于她对佛朗哥的

---

① 卢尔德位于法国南部,是天主教最大的朝圣地。据说圣母玛利亚1858年2月12日在该城的马萨比耶勒岩洞显圣。
② 指纳粹的标志,普拉太太觉得该标志是十字架标志加了笔画后形成的。
③ "蒙主惠恩西班牙人的领袖"为佛朗哥担任西班牙摄政王之后的头衔。

同样持久不变的爱,大家都熟视无睹,对佛朗哥的爱那可是她的爱情道路上的一个特例,那可是尘世间唯一成功俘获她的芳心,让她的肉体快乐地颤动的人,那是一种圣洁的快乐。大家熟视无睹,诚然,是因为普拉太太是个法西斯,不折不扣的法西斯,诚然,大家都知道她在自己的卧室里用响亮的声音高唱《向着太阳》①,对这个可怜的小女人来说,情有可原:她从未做过爱,她的私处已经干得像核桃。

　　贝尔纳诺斯在着手写他的那本书、揭露普拉太太如此倾心热爱的那个教会之时,还是犹豫了一阵子。他能从中得到什么呢?我心想,我本人在这里回忆那段岁月又能得到什么呢?何苦去搅动那段全世界人都觉得恶心的龌龊的历史?我非常钦佩的另一个名叫卡洛·埃米利奥·加达②的作家在一本书的前几页一直在追问这个问题,该书里从头到尾都在揭露墨索里尼是多么的卑鄙无耻。
　　贝尔纳诺斯全然明白那些事实并不适合说出来,知道别人会因此谴责他。可是,他下定决心要迈出这一步,不是为了让他们承认罪行,他说道,更不是为了引起愤慨,只是为了让自己能够直面,直到生命的尽头,为了对自己曾经做过的那个孩子忠诚,那个曾经遭受过不公欺凌的孩子。
　　他下定了决心,因为他看见自己的儿子伊夫一边哭一边

---

① 西班牙长枪党党歌,是佛朗哥时期西班牙爱国歌曲。
② 卡洛·埃米利奥·加达(1893—1973),意大利作家。

撕扯他那件长枪党的蓝衬衫，那是在两个穷鬼两个正派善良的帕尔马农民在他的眼皮子底下被杀害之后发生的事情（伊夫不久就开始厌恶长枪党并且从西班牙逃走了，逃到了离那很远的地方）。

他下定了决心，是因为一个教会与军人狼狈为奸的丑剧伤到了他心灵的最深处。

尽管揭露这些罪行会让他付出代价，但看见那一切发生却默不作声会付出更大的代价。那些神甫的身影，浸泡在血河和泥浆中的宽袖白色法衣的下摆，给那些被成群杀害的迷途羔羊送去的临终圣餐，所有这一切都让他惶惶不安。

在被他称为"基本信条"的表面和本质的驱使下，贝尔纳诺斯无不恶心地观察着这些被一小撮死守自己狂热信条的狂热疯子以"圣国"和"圣教"之名犯下的谋杀罪。

于是他集中全部的力量找回身上的良知，决定说出那些让他恐惧得发抖的犯罪事实。他决定说出心中难以克制的厌恶，让他厌恶的有教会将嫌疑人扩大化和奖赏举报的行为，半夜里劫持那些思想不正统的人、不信宗教的人然后不经任何司法程序就枪杀的行为，总之，他说，那是"宗教的狂暴与人类灵魂中最阴暗最恶毒的那一部分的同流合污"。他说，那都是公开的事实，是证明属实的事实，是无可争辩的事实，全世界都不会否认这些事没有发生过，它们将在人类历史上留下一块血污，一海洋的圣水都无法洗涤干净。

那些罪恶行径是对基督最恶劣的侮辱。

是对基督的完全背弃。

是奇耻大辱。

他把这些事写了下来。他的那些老朋友不原谅他，视他为危险的安那其，他也不害怕。

他完全知道，这样的一些罪行在共和党阵营里司空见惯，知道无数的神职人员已经被革命党杀害，手段同样极端残忍，所以他们就代人受过，因为小人物总是为大人物犯下的过错买单。他完全知道那些布尔什维克神职人员——诗人塞萨尔·巴列霍①就是这么叫的，这些神职人员跟天主教神职人员一样的厚颜无耻，一样的野蛮残忍。

贝尔纳诺斯说，就算西班牙的革命党杀过神职人员，那更有理由公开保护他们的妻子和无辜的孩子，这是一个决定性的理由。

在他这个深受福音书精神和耶稣之心影响的基督徒眼里，假如人世间有庇护所的话，有一个充满怜悯和仁爱的地方的话，那就是他身处的教会。

然而，西班牙教会在好几个世纪里就一直没停止过背叛、错发和歪曲与基督有关的信息，为了一小撮"金色流氓"②的利益抛弃穷苦人。西班牙教会变成了富人的教会，权贵的教会，有头衔者的教会。这种误入歧途和背叛行为在一九三六年登峰造极，当时的西班牙神职人员和佛朗哥派的刽子手沆

---

① 塞萨尔·巴列霍（1892—1938），出生于秘鲁，拉丁美洲最著名的诗人之一。
② "金色流氓"原意为法国大革命时期的反革命青年匪帮，后指有钱人家的花花公子、纨绔子弟。

滏一气，把有耶稣像的十字架伸到那些思想不正统的穷人跟前，让他们在被处死之前最后一次亲吻。以儆效尤。

贝尔纳诺斯揭露这种两面派的无耻行径。他对主教大人们声称他非常理解为什么穷人都变成了共产党。

假如他的言论有失分寸那是他们活该。

假如他的言论有些冒失那是他们活该。

但那些言论再怎么冒失都比矢口否认要强（众所周知一桩被否认的罪恶常常会以更加残暴的方式重新上演）。它们再冒失也要比那种文明的冷漠要强，因为那种冷漠让心灵变麻痹让舌头变麻木。它们再冒失也要比那种沉默要强（慕尼黑的民主决策让德国入侵捷克斯洛伐克并且在长达二十五年时间里对佛朗哥独裁统治沉默不语，大家都知道对慕尼黑民主决策的沉默所导致的后果）。

在贝尔纳诺斯的眼里，西班牙教会在暗中承包民族主义分子的恐怖的同时，把自己的脸都丢光了。

你明白那些民族主义分子都是些什么人吗？我母亲在我扶她在窗户边那张宽大的绿色平纹花呢扶手椅上坐下时，突然问我。

我好像开始知道了。我好像开始知道民族这个词身上所承载的不幸。我好像开始知道，从前它每一次被人拿来挥舞，无论它捍卫的是什么利益（民族联合，法国民族联盟，民族革命，民族人民联合，法西斯民族党……），免不了都会有一系列暴力事件保驾护航，不管是在法国还是在其他地方。

在这一点上,人类历史可悲可叹的教训多了去了。

据我所知,叔本华在他那个时代曾宣称,梅毒和民族主义是那个世纪的两大恶疾,如果说前者很久以前就能治愈,后面那个恶疾则无药可救。

尼采则用更巧妙的方式明确地提到它,他写道:商业和工业,图书和文学的交流,高雅文化社群,可以快速地从一个地点和一个国家转移到别的地点和别的国家,所有这些条件必然带来欧洲民族的衰落,以至于必须通过不断的杂交从它们当中弄出一个混杂的人种,即欧洲人种。他还补充说,残存下来的几个民族主义分子只是一小撮狂徒,他们试图通过挑起仇恨和愤怒来维持自己的威信和势力。

贝尔纳诺斯也提防不要滥用民族这个他以前的朋友都喜欢的字眼。他说,"我不是民族主义者,因为我希望确切地知道我是什么,民族主义者,单单这个说法就无法让我知道我是什么……词汇当中已经没有太多的词能够让一个人把自己的珍贵情感托付其中,让你把它变成一个带家具出租的房子或者向所有的人开放的酒吧台"。

对我而言,我倾向于这么认为,一部分人(因为一个人好像是可以拥有一个狂热的民族主义者的灵魂,但不一定非得成为一个法西斯分子),我一直在想,今天那些强占这个术语(这个词本身既不好也不坏)的人中的一部分人,挥舞着它就像挥舞一面旗帜,唯一的目的就是为了用它来掩饰他们对民族主义者和非民族主义者进行分类的计划(换言之,就是建立一个将人区分开并对他们进行等级划分的制度:我觉得，这种东西就叫民族—种族主义），使后者（非民族主义者）失去影响力，然后使他们边缘化，然后就像人们对付寄生虫一样将他们消灭掉，因为这个民族不能牺牲自己孩子的利益来养活他们，且不说他们还享受到了无微不至的母亲般的关怀。

鄙人愚见，我母亲说（她喜欢诸如此类的有些多余的客套话，这么使用让她觉得自己很精通法语，她还特别喜欢用这样的句子：恕我冒昧，如果我没弄错的话，她觉得这样的句子非常高雅，从某种程度上弥补了她说粗痞话的倾向），鄙人愚见，我亲爱的女儿，那些被人称作民族主义者的人想清洗一九三六年的西班牙，所有那些像我哥哥一样的人。除此之外没有别的。

我觉得，现在是复习复习下面这个简明教程的最佳时机。

民族清洗简明教程

一、加强民族清洗实践的演说

我们节选凯波·德·亚诺①这位在塞维利亚所向披靡的将军一九三六年在广播中所做的声明中的一段作为范例：

"这场战争是一场你死我活的战争。我们必须同敌人做殊死斗争直到他们彻底覆灭，谁不明白这一点谁就不是西班牙

---

① 即凯波·德·利亚诺，西班牙内战期间南方军司令。

神圣事业的优秀仆人。"

还有从报纸上摘录的一小段文章，刊登在同月的《西班牙崛起报》的头版："同志！你有义务打击犹太教、共济会、马克思主义和分离主义，毁坏和焚烧它们的报纸、书籍、杂志、宣传机构。起来吧！为了上帝与祖国。"

为了达到前面提到的惊人目标，让整个民族摆脱有害成分，相信举报者的尽忠职守是合适的。

二、举报者

上帝通过举报者的嘴巴来表达自己的意志，他们源自社会各个阶层，占相当大比例的是神职人员，上流社会妇女（她们声音颤抖地说着对同类的爱，轻薄贴身的短上衣上挂着耶稣心圣像，那心脏上还有一条漂亮的血流），下级军官的配偶（她们跟善于洗脑的某某神甫关系融洽），咖啡馆老板，面包师，牧羊人，农场伙计，很容易被鼓动的傻瓜，缺乏训练的流浪汉，一些小人物（以民族处在危险之中的名义说服他们在皮带上别上一把枪），小流氓和大恶棍（他们最近在穿上被视为补偿他们失去的名誉的蓝色制服时洗刷过他们的良心），一些诚实的人和其他一些使人受不了的人，还有一部分数量可观的普通人，也就是说不好不坏的人，也就是说那种老实巴交的庸人就像我亲爱的尼采说的那样，也就是说就像你我一样的人，也就是说那些经常去忏悔排泄他们的罪孽的人，从不错过周日的弥撒，也不错过周六的足球赛，他们有一个老婆和三个小屁孩，不是怪物，被人们称作怪物的是比较接近军人,哦,不,不,不要做牵强附会的对比,要说怪只能说形势怪,贝尔纳诺斯说道,人受形势所迫,或者不如说他们让自己的那一点儿想法适应了形势。

这些爱国的举报者,上帝意志的工具,必须重申的是,他们无需了解那些无用的步骤,因为他们都是作风强硬很有手腕的人,而且他们总会勇往直前,不达目的誓不罢休,啊,见鬼,不会让无谓的廉耻心妨碍他们前进的脚步。他们通过书信渠道,揭发所有那些让他们觉得可疑的人,在信的末尾对执政当局表示良好的祝愿以及他们为国家效力的荣幸,或者表达喜不自禁的感激之情和向某位女士表达深厚的感情,因为她派人给他们送去了可口的梨子(她的丈夫是个不开玩笑的佛朗哥分子),爱国清洗委员会负责其余的事务。

三、爱国清洗委员会

爱国清洗委员会主要由那些喜欢冒充好汉的人组成,他们穿着长枪党的蓝衬衫戴着卡洛斯派的红色软帽令人生畏,这种八面威风的样子让他们飘飘然。一想到可以骑在一些人的头上作威作福他们就兴奋不已,他们以爱国者的方式卷起袖子,以爱国者的方式擦亮他们的武器,就是为了消灭那些想法不跟政府保持一致的败类,借机向顽抗者灌输伟大的民族精神。

备注:
在这些委员会中竞争意识非常强烈。
当局给予特别许可,可以绕过教会的第五戒律。

四、民族清洗的方法

民族清洗一定要有组织，有一套严格的方法。

要避免陷入不必要的繁琐事务，去掉所有会使工作延误和复杂化的程序，比方说鉴别杀人犯和无罪者的程序。

而且不这样又能怎样！

清洗队伍，队员依然使用上帝的惩罚者的称呼，最好夜里采取行动，因为这种突然袭击的效果更震撼，引发的恐惧也更加强烈。

但是，他们同样也可以在大白天采取行动，在大街上，或者强行进入被一些不可能犯错误的人揭发的嫌疑犯家里。

五、佛朗哥分子使用过的需要接受清洗的人员名单，民族的大救星也可以拿来使用

1. 捣毁十字架的人和公认的不信教者、异教徒名单；

2. 在宗教仪式上吊儿郎当的人名单；

3. 那些犯有"对萨尔瓦多运动不满罪"的人名单；

4. 那些在私立教育机构（非宗教而且免费的）培训过的小学教师名单，他们是资产阶级的敌人，是思想堕落的人，无神论和安那其的孕育者，是民族道德秩序的灾难；

5. 那些加入到某个敌视民族的党派或者工会的人名单；

6. 那些有传闻说有人看见他们扬起拳头的人名单；

7. 那些有传闻说他们强烈抗议工资低得难以维持生计的人名单；

8. 那些有传闻说他们在共和军飞机经过时拍手称快的人名单；

9. 那些当着佛朗哥的面说好话背地里憎恨他的伪君子名单；

10. 那些不负责任地鼓动无知民众造反的诗人作家艺术家名单；

11. 上面没提及的其他人。

六、佛朗哥分子实施清洗的三个阶段可作为民族的拯救者们实施的所有清洗类型的范例

1. 所谓的在家清洗阶段：深更半夜跑去敲疑犯家的门。疑犯惊慌失措的妻子问是不是要把她丈夫带去坐牢。那个不到二十岁的杀人者回答说完全正确。他们把疑犯推上卡车，车厢里已经坐着他的三名神色凝重的伙伴。卡车启动，然后驶离公路，拐进一条泥土路的低处。他们命令四个疑犯下车。将他们枪决。然后他们把尸体垒在路堤边上，掘墓人第二天会发现他们这几个脑袋炸开了花的疑犯。那个属于佛朗哥派的镇长一点也不傻，他会在登记簿上这么写：某某人，某某人，某某人和某某人，死于脑溢血。

2. 所谓的监狱清洗阶段：监狱里人满为患，囚犯们饱受拥挤不堪之苦，他们会被成群地带到那些人迹罕至的地方，成群枪毙，然后被成群地丢进水沟里。

要明确指出的是，相较于这种不是很"醒目"的传统办法，大家更喜欢用所谓的最终阶段规定的方法。

3. 最终阶段按如下方法安排：囚犯在某天早晨欢天喜地的收到获释通知。他们在囚犯入狱登记簿和收缴财物收据上签字，履行完所有旨在让监狱撇清一切责任的必不可少的程序。两个两个地释放，但一跨出监狱门就被枪决，尸体被拉往墓地。

七、精工和完善

清查没有止境，我们把这部分留给实施清洗者去想象。

八、附记

如何把军队里的做法运用到让人在福音传道时皈依上帝？这事很简单。只需让那些到了履行复活节义务的教民填写以下表格。那会产生跟枪杆子一样的效果，但没有后面的麻烦，可以促使异教徒和那些顽抗的家伙尽快皈依天主教。

正面：

先生，女士，小姐，

住址：_____市_____街_____号

在_____教堂复活节领圣体

反面：

建议在自己的教区履行复活节义务。无论是谁在其他教堂领圣体都必须把证明拿回来交给本教区本堂神甫。

一张可以撕下的存根注明如下文字：

为便于管理，要求撕下这张存根并把它按规定填写后转交给教区的神甫。也可以把它放进专门的箱子里存放。

我一边听母亲讲述，一边阅读《月光下的大公墓》，我上文抄录的资料便出自该书。几个月来，我几乎把全部时间都扑在了那本书上面。

到目前为止，我还从未有过那种把自己卷进（从文学的意义上）母亲对内战的追忆的愿望，也不想把自己卷进描写这场内战的作品之中。但是我感觉是时候了，是让那些西班牙事件大白于天下的时候了，那些事件被我搁置在脑子的一个角落里，也许是为了更好地逃避它们可能引发的疑问。是我直面它们的时候了。只是直面而已。从我开始创作时起，我从未感觉到像现在这么急切。直面这种绝对自由主义的例外事件，它对于我母亲来说只是一件纯粹的乐事。这种绝对自由主义的例外事件在我看来在欧洲没有其他东西可以与之等同，因为它被埋没了很久，所以能让它复活我会感到更加开心，被埋没，远不只是被埋没，而是被掩盖，被西班牙共产党掩盖，被那个时候几乎全都亲共的法国知识分子掩盖，被阿萨尼亚总统掩盖，他在否认它的同时又希望在西方民主国家中寻求支持。另外，还被佛朗哥掩盖，他把西班牙内战缩小成西班牙天主教和不信神的共产主义之间的对抗。同时直面佛朗哥派的民族主义分子所表现的、被贝尔纳诺斯无情揭露出的那种卑劣行径，当人类陷入狂热崇拜中难以自拔、疯狂到十恶不赦时，所做出的那种卑劣行径。

为了不让自己在贝尔纳诺斯和我母亲那种蜿蜒曲折布满

漏洞的叙述中迷失方向，我查阅了部分历史书。如此一来，我可以用尽可能确切的方式把那一系列事件重新组合起来，就是那些事件导致了这场战争，贝尔纳诺斯和我母亲同时都是亲历者，前者大惊失色，心都跳到了嗓子眼，后者则在迎风招展的黑旗下面，沉浸在阳光般的喜悦中，这种喜悦令她刻骨铭心。

事情是这样的：
西班牙人民对年轻的共和国所采取的拖延措施和共和国总统摇摆不定的意志深感失望；
异常强大的教会对共和国进行猛烈诋毁，教会后面还有异常强大的银行和异常强大的企业支持；
主教团的黑手党与军人以及有产者阶层合作，意图更好地保护他们自己的利益；
主教团对政府为了建立政教分离、创立世俗婚姻进行的仓促改革感到愤怒；
它强烈渴望以圣父圣子和圣灵的名义对这些改革发动一场圣战；
大资产阶级对渐进式的收入所得税的设立感到震怒，大地主对可能没收财产的憎恨；
他们对社会主义和它那下地狱一般的平均主义的极度憎恶，一想到老百姓可以造反他们就惶惶不可终日；
激进的左派自从一九三四年在阿斯图里亚斯地区的罢工潮被政府暴力镇压时起就强烈渴望的革命；

所有这些因素导致了共和国从一个统一的不可分割政体分裂成两大阵营（每个阵营都为了自己的利益将人类历史据为己有，都对历史做出有利于自己的解释）：一方面，一个所谓的人民阵线，这个阵线由不同的左派组成的，没过多久就开始互相攻讦最终互相毁灭；另一方面，一个所谓的民族阵线，由右翼联盟组成，从最可尊敬到极右翼，对几十年来生活在水深火热中的人民的呼声置若罔闻，拒绝服从通过普选选出来的新生的共和国。

你们饿了是吗，那就把共和国吃掉吧。

一九三四年三月三十一日，保皇党领导人安东尼奥·戈雷契亚①，卡洛斯派代表人物安东尼奥·里萨尔萨②和巴雷拉中将在罗马与墨索里尼签署了一项协定，通过这个协定，"领袖"③承诺对他们推翻西班牙共和国的运动提供财政和武器准备的支持。从一九三四年到一九三六年，许许多多年轻人被送到意大利接受军训。因为有意大利的资金支持，很多武器库被组建起来了。

一九三六年，西班牙两大阵营之间的气氛已经非常紧张，当局决定举行国民议会选举。

人民阵线赢得了胜利，任命进步共和党人曼努埃尔·阿萨尼亚为国家首脑。

---

① 安东尼奥·戈雷契亚（1876—1953），保皇党领导人。
② 安东尼奥·里萨尔萨（1891—1974），卡洛斯派民兵组织"呼啸兵"领导人之一。
③ 墨索里尼的称号。

但是，如同阶级仇恨一样的党派之间的仇恨，不会有任何结果的不和加上各党派的煽风点火，各方的狂热崇拜和盲信，为了滥用舆论耍的阴谋诡计，共和国被卷入的政治失信，共和国无力进行必要的改革尤其是土地改革，不断增加的不满，两边阵营的政客（左翼那边，亚历杭德罗·勒鲁斯①，一九三三至一九三五年联合政府的一把手被牵扯进一些不道德的事务中，右翼那边，银行家胡安·马驰②，大家都知道他是通过走私和诈骗发家，在国王当政时蹲过监狱，突然就摇身一变，成了佛朗哥派的财政部长，速度之快令人生疑）都涉案并被抓了现行的金融丑闻导致局势将一触即发。

七月十七日，驻扎在摩洛哥和加纳利群岛的卫戍部队暴动反对合法政府。

七月十九日，佛朗哥将军担任暴动者的统帅。

这位统帅觉得只要把他的猎狗放出去，不出三天，所有对抗的念头都会烟消云散。他考虑不够周全。工会一听到暴动的消息，就启动了一场声势浩大的总罢工，敦促政府向他们发放武器。七月十八日至十九日夜间，政府同意发放武器，解除士兵服从叛军的义务。

就这样佛朗哥的军事政变让一群不知道自己力量居然那么强大的人民站起来了。无论是社会主义者还是安那其可能

---

① 亚历杭德罗·勒鲁斯（1864—1949），西班牙记者、政治家。彻底共和党领袖，1933—1935 年担任第二共和国首脑。
② 胡安·马驰（1880—1962），西班牙走私犯、政治家和银行家。

永远都完不成的事情，人民却让它发生了：西班牙一半的国土和六个主要城市才几天工夫就落到了革命党的手里。

当民兵和所谓的国民军发生武装冲突的时候，当国民军在他们拿下的地区实行被贝尔纳诺斯毫不犹豫地定性为"恐怖"统治的时候，当那些鼓吹服从旧秩序的反共和国的教会里的教士在同一时间受到残酷镇压的时候，千千万万的农民没等法律出台就开始瓜分地主的大片地产。

不要忘记，在十九世纪末二十世纪初的欧洲，绝对自由主义思潮风行一时，各国政府都采取极端的办法进行镇压。但西班牙是足智多谋的堂吉诃德的祖国，堂吉诃德为扶助弱者追击恶人而不遗余力，自由主义思潮就是在这个国家表现得最为激烈，就是在西班牙，短短的一个夏天，这股思潮得到了具体化。

实际上，从一九三六年六月起，无数的村庄变成了不受约束、自主经营的集体公社，不受中央政权控制，没有警察，没有法庭，没有老板，没有货币，没有教会，没有官僚，没有税费，处在一片几近完美的宁静中。我想，我舅舅何塞和另外几个年轻人尝试着给自己的村子带去的便是这样的独一无二的体验，而我的母亲碰到了这个千载难逢的机会，亲身经历了这段历史，这种历史机遇时而悲惨时而辉煌但往往两者兼而有之。

蒙特丝、罗西塔、何塞和胡安八月一日晚上抵达了被绝对自由主义民兵部队攻占的加泰罗尼亚的那个大都市。这是他们一生中最激动人心的日子。难以忘怀的日子（我母亲原话），我永远也不会从那段回忆中走出来，永远不会，永远不会，永远不会。

大街上洋溢着欢天喜地的气氛，空气中弥漫着某种他们从未体验过的今后也不会再体验到的幸福的东西。咖啡馆里人满为患，商店的大门敞开着，闲逛的行人仿佛醉了一般，一切井然有序，好像在和平年代。唯独依然竖在那里的几个街垒和被摧毁的教堂以及丢在门廊前的石膏圣像告诉他们战争在肆虐。

他们来到了兰布拉大街。

那种气氛难以描述，我的孩子，很难向你传递那种生机勃勃的感觉并让你心领神会。我觉得要亲身经历过才有可能理解那种震惊，这座城市让我们震惊，让我们有一种豁然开朗的感觉。

合唱团，军乐队，四轮马车，窗户上的旗子，从一个阳台挂到另一个阳台的、宣布消灭法西斯的横幅标语，三位俄罗斯先知的巨幅肖像，全副武装的民兵驾驶着机械装置、搂着穿裤装的女孩，涂着红黑两色首字母的双层巴士，满载着挥舞枪支受到人群欢呼的年轻人、龙卷风一般呼啸而去的卡车，人群好像受一种没人想象得到的热情、友爱和善良的情感的驱使，一些站在摇摇晃晃椅子上的激奋的演说家在演讲："同志们啊，你看他们！他们头顶上飘扬着红旗，他们马上就要去战斗！他们多么开心啊！死亡或许正等着他们，但他们继续前进，无所畏惧。"高音喇叭播放最新战况，中间还插播《国际歌》，街上的行人也跟着齐声高唱，行人亲切地相互致意，不认识的人也互相拥抱，仿佛他们明白如果不是人人有份，任何美好的事情都不会发生，仿佛所有那些普通人想出来的用来相互折磨的弱智的事情噗的一声已经消失得无影无踪。

我母亲用她自己的语言跟我述说这一切，我的意思是，她使用的是一种缺胳膊少腿的法语，更确切地说是一种被她说得走了样的法语，我老要很费力地帮她纠正。

紧接着，蒙特丝和另外那三个人径直朝那座被绝对自由主义分子占领的兵营走去，兵营前面停着几辆卡车、三辆吉普车和两辆装甲车。兵营里面，两个男子在烟雾缭绕的气氛中在雷明顿打字机上敲击着他们的革命热情，另外一个人则在一幅用图钉揿在墙上的西班牙地图上插上黑白旗。年轻人进进出出，络绎不绝，一些人是来打探消息的，另外一些则是进去拿武器，此外还有一些人，实话告诉你，到那里纯粹只是为了享受这场把世界搅得天翻地覆的革命带给他们的喜悦。

一个像当时的歌手一样头发抹了发膏的男子用双手把蒙特丝举起来，蒙特丝发出兴奋的尖叫声。一个皮带上别了一把手枪、样子像牛仔的民兵拍了一下何塞欢迎他并问他从哪里来。从 F 来的。真是太巧了！那个民兵是从 S 来的。

兄弟一般的拥抱。两个指甲染成红色、穿裤装的年轻女孩，神态坚定地向他们递黄烟丝香烟，蒙特丝看到不是妓女的女人像男人一样抽烟，不由得惊呆了，现在想起来我当时真笨啊。

两个敲击雷明顿打字机的民兵中的一个把他们引向隔壁的一个房间，房门上铭刻着这样几个字：无纪律组织。这简简单单的几个字让何塞和胡安沉浸在孩子般的快乐之中。

一个男子坐在一堆乱七八糟的武器和军事物资的正中央，这些东西都是从市中心的一个兵工厂征调过来的。他一边迎接他们，一边热烈而隆重地宣布拿下萨拉戈萨只是个时间问题。他把一条军用皮带和一条皮质的子弹带递给何塞和胡安。尽管这些配件除了装饰髋部之外对他们没有任何用处，但他们俩还是像孩子一样赞不绝口。

他们从那里走了出来。

夜色很美。

他们觉得很幸福。

他们坚信他们的事业是正确无误的。

他们感觉自己正在经历某种伟大的事情。

那个用双手把蒙特丝举起来的意大利人陪着他们进了一家被全国劳工联盟征用后变成大众餐厅的豪华酒店。酒店的外墙上挂满横幅标语，标语上写着朴素的胜利宣言。从未进过专门为富豪开设的豪华大酒店、如果没有战争永远也不大可能进去的蒙特丝，前后试了三次才跨进那个旋转门的蒙特丝（现在再回想，我那时是个多么傻的村姑啊）看到酒店里面的豪华景象惊讶得张大了嘴巴：镶有坠子的豪华分枝吊灯，镶有镀金边框的豪华大镜子，雕有叶饰的豪华实木餐桌，饰有金线的白瓷豪华餐具，我都回不过神来，我母亲说道，我彻底地呆若木鸭。鸡，我说道。什么鸡？木鸡，我看到那么多富丽堂皇的东西后呆若木鸡。

晚饭吃了一份新鲜鲷鱼配米饭之后，我这位除了在玛露卡的食品杂货店吃过那种放在桶里腌制过的沙丁鱼之外从没吃过任何其他鱼类的母亲，在五星级酒店吃过那顿令她永志难忘的晚餐之后，跟另外三个人一起去了兰布拉大街的一家咖啡馆。

掐我一下。

告诉我，我不是在做梦。

告诉我这一切不会停止，我自言自语。我母亲这么对我说。

他们走进夏日咖啡馆，像城里所有的咖啡馆一样，这家店也被收归集体。我母亲还记得柜台上立了一块大牌子，上面提示说拒收一切小费。

不要再施舍，这种龌龊的事。

咖啡馆的服务生奥拉西奥自从一系列事件发生后就摘掉了蝴蝶结表示反抗，但白色的围裙和手腕上的抹布依然保留着，他在餐桌之间绕来绕去，优雅得像斗牛士。

蒙特丝平生第一次喝了一小杯猴子牌茴香酒。她说酒好辣呀。很好喝。

何塞和胡安看见她做着鬼脸的样子都笑了。

生活真有意思啊！

她平生第一次听见了好几种外语，感到一种发自内心的快乐。因为人群中混杂着来自世界各地前来支援共和军的年轻人：块头有他哥哥两个那么大的美国人，皮肤呈奶白色、嘴唇粉红的英国人（很丑），头发发亮的意大利人，奥地利人，法国人，德国人，俄罗斯人，匈牙利人，瑞典人。

大家大声说话（要知道为什么西班牙人总以为自己在跟聋子说话），抽烟，朗声大笑。我醉了，大家并不认识但都以你相称。在喧闹声中，在喧嚷声中，喧嚷这是多么贴切的词啊，我的孩子，在喧嚷声中夹杂着争论、爆笑、加上动不动就甩出来的"我在上帝头上拉屎"和杯子碰撞的叮叮声，一个声音突然升起，一个庄重的有些颤抖的声音。

莉迪娅，我的孩子，给我倒杯茴香酒。

现在吗？

拜托，我亲爱的女儿。就要一点。一丁点。

见我还在犹豫。

我明天就要死了，你连一杯茴香酒也不让我喝吗？

我给妈妈倒了一小杯茴香酒，然后在她身边重新坐下。

突然，她接上话头，身体出现一阵颤抖，回首往事时会出现的那种颤抖（碰一下我的胳膊！碰一下！），一个站着的年轻人，身材非常魁梧的年轻人，开始朗诵一首诗。

那是一个法国人，我的孩子。他朗诵赞美大海的诗句。他英俊得像个神。他长着一双女孩子一样的手，穿着艺术家的服饰，我现在依然记得他的样子，仿佛是昨天才发生的事。大家不再说话，而是专心听他朗诵。诗朗诵完了，大家热烈鼓掌。

我母亲坐在朝向学校操场的窗户边的那张扶手椅上，想得出神，我情不自禁地想到了我昨天晚上纯粹出于好奇（教训深刻啊）才跑过去旁听的文学研讨会上的那个常客和创语①诗人，他让我们听了一首冗长的诗，在诗中不断地重复说人有一个前身和一个后背（哦，原来是这样啊，我懂了！），他还装腔作势地强调说他这么写非常冒险，太不幸啦！

蒙特丝和另外三个人依然坐在咖啡馆里，一阵激动之后，一阵从崇高举动中诞生的纯粹的寂静之后，交谈又开始了。一开始说的都是一些崇高的话题，因为酒精燃起了崇高的感情，然后，话题渐渐地越来越粗野下流（我母亲只要一想到那些就开始大笑）。

生活太快乐了，我爱它，我当时心里就是这么想的，我母亲对我说。

大伙开始时说的是杜鲁提，他的魅力，他的英勇，他的仁慈，他的磊落，他的豁达，他的廉正，还有他的谦恭，谦恭到了跟他的战友一起睡同样的草褥子、吃同样的劣质饭菜，跟那些只会一边用吸管喝着加冰的威士忌一边派别人去当炮灰的贪生怕死的人有着天壤之别。

然后话题转到了本地区最近新成立的公社；

然后是从萨拉戈萨前线传来的令人振奋的消息；

然后是自由恋爱和卖淫；

然后是不同的避孕措施（总之是在肛交、手淫和戴套之间选择）；

然后是西班牙火锅的烹调法，绝对的爱国菜，里面添加

---

① 指精神病人新创作的词语。

还是不添加香肠，意见有分歧；

然后是火锅配料鹰嘴豆，法语叫小气豆（小气从何说起呀？），这种豆子最可口，最好吃，是大地上长出来的最具有西班牙风味的食品，是豆科植物中的王子，能量的提供者，香味扑鼻，能让男人雄赳赳地勃起，让男人放出的屁比女人多，为什么？（西班牙男子最爱开的玩笑，我母亲如此点评）；

还有赞美它们的诗歌的缺位，令人气愤的缺位。

塞萨尔·巴列霍、米盖尔·埃尔南德斯、莱昂·菲利普和巴勃鲁·聂鲁达（这个自大狂，我母亲说道。为什么这么说？我稍后再跟你解释）还在等什么？这些懒鬼还不去给它们唱赞歌，还在等什么呢？

大伙还谈到了男性和女性放屁的区别，不管是在屁声的悦耳还是在气味的芳香上，还有它们的预防和治疗作用，还有它们把敌人击溃的能力；

还谈到了恐屁癖患者和恋屁癖患者，这两种类型的人按照性别划分势不两立，但革命将彻底改变这种糟糕的状况，现代女子今后将开始用革命的手段放屁（哄堂大笑）；

大家也许可以谈些更高雅的话题，一位来自安达卢西亚的年轻哲学家提议，他长得像你的朋友多米尼克。假如我们研究一下喜欢吃小气豆并且自始至终喜欢谈论胃肠道排出来的气体的伊比利亚人民的那种固有的粗俗，假如我们把它与喜欢吃白色菜豆的法国人民那种审慎而又温和的粗俗做一下对比，显然就会发现无论是西班牙人的粗俗还是法国人的粗俗都在文学作品中有完全体现：西班牙这边把一大份儿分给了轻浮的东西,只需读一下弗朗西斯科·戈维多的《流浪汉帕布罗》就不难发现,而与他同时代的法国作家同行却是教理教授的样子,法国自从一六三五年成立了学术院之后,法国文学就结束了拉伯雷一直在才华横溢地践行的那种粗俗下流,因为拉伯雷是西班牙人,同志们,是西班牙天才,与塞万提斯一脉相承,不说他是绝对自由主义者,但绝对是个自由思想家,向拉伯雷致敬,他一边说一边举起杯子,向拉伯雷致敬!所有在场的人也一起举起了杯子,说实在话他们对前面提到的那个天才一点也不了解(我母亲补充说:外面要是有人进来一定以为我们是疯子)。

然后,大伙再次谈到绝对自由主义与共产主义与生俱来的水火不容,争论在雷鸣般的"妈的""我操""我在上帝头上拉屎"的盛宴中继续。

蒙特丝聚精会神地听着所有那一切。

她感觉自己的生活在全速前进,那个让我们逐渐地从童年进入成年然后进入老年然后死亡的演进原理,这个原理在她身上以一种无与伦比的速度运行。

实际上,我觉得自己真正的人生开始了。有点像是在你父亲去世的那个时候。你父亲是什么时候死的?

五年前。

太难以置信了!仿佛过了一个世纪。

你想他吗,有时候?

不,从来不想。而且,我常常问自己,我怎么难够,应该说能够,是不是?我怎么能够和他一起经历那么多白天,那么多夜晚，那么多晚餐，那么多生日，那么多圣诞节，那么多电视晚会和所有那么多的一切，年复一年，却又没有留下任何牵挂。

四个人走出咖啡馆。

蒙特丝感觉自己长了一对翅膀，她说生活是一件令人陶醉的事情，令人陶醉。

城市的空气中弥漫着一种轻快，一种喜悦，让时间过得特别快，让恐惧没有任何栖身之地。

我多么热爱生活啊！我自言自语。我母亲对我说。

蒙特丝和另外三个去圣马丁大街，走进了奥维多夫妇的富人公寓，夫妇俩把钥匙托付给了弗朗西斯卡。

对于一直生活在贫困中、从没想象过有些人过的那种富裕生活是什么样子的蒙特丝来说，奥维多的富人公寓让她头晕目眩，她只是隐约见过布尔戈斯家的那种奢华，是在海梅老爷说她的样子很朴实的那一天，那个让她铭心刻骨的日子。

只用了一个晚上，她就发现了生活（我母亲回忆那个时刻之时，她那满是皱纹的脸闪耀着喜悦的光芒，她把这种喜悦也感染给了我），自来水的存在，有热水和冷水，虎脚浴缸，盖子可以折拢的抽水马桶，每个房间都有的电灯、电冰箱、座钟、挂在墙上的温度计、硬质胶电话机，总之，非同寻常，如入仙境，无与伦比的现代起居设备。让她啧啧称奇的还有那些厚厚的羊毛地毯，银质的烤面包片架，舒服的皮沙发，装在画框里留着小胡子的干瘪男人的肖像。但是，她觉得最漂亮的，是一个银勺子，勺柄呈直角状，专门用来舀糖的。

这种豪华气派让她着迷。

单单是可以洗个澡这件事就让她兴奋不已。

她不厌其烦地打开电冰箱,冰箱里有一个制冰盒,然后用水晶杯喝凉水。

厨房里那张弗米加塑料贴面的绿色餐桌也让她情不自禁地发出惊叫(像所有的穷人一样,比起在她老家每家每户都能见到的那种乡下人用的老式碗橱,她更喜欢新潮的东西)。

平生第一次她在吃早餐时吃到了房油(是叫房油还是黄油来着,我的孩子?我母亲问我。不知道为什么,她总把这两个音弄混),而不是她平常吃的猪油。

真是享受啊。

让她感到极为震惊的还有女主人专用的那个宽大的衣柜,占了一个长长的壁橱,你猜猜有多长?我不知道,三米吗?

六米呀,我亲爱的女儿!

财富是人间天堂,是赐福,是慰藉,是陶醉,何塞不在旁边听她说话的时候,她不住地这么说,何塞则觉得这种奢华是反革命的,很可恶。

蒙特丝对这一次的经历没有任何思想准备。修女们教给她的东西中,她母亲和阿帕丽雄姨妈(外号叫打赌)传递给她的东西当中没有任何东西能让她想到她会震惊到这种程度。

因为,完全可以这么说,蒙特丝从未走出过家门。她从未读过那些向青少年传授性或其他方面知识的爱情小说。她在一个土里吧唧对外面世界一无所知的清教徒家庭长大,被灌输的是按照教规所有妻子都要闭口不说话，被灌输的是所有的父亲按照教规都有权揍老婆和孩子，在对上帝和戴着无数迷惑人的面具的魔鬼的恐惧中长大，我的孩子，而且被训练得服服帖帖，做女人就要服从要屈服。

所以，在城里逗留的这些天突然出现在她眼前的一切对她而言如同一场突如其来的大地震，威力无比。

然而，蒙特丝钻进这个全新的充满意想不到的新鲜事物的世界时，心里充满平静的幸福和轻松自如。就好比她生于斯长于斯。

空气从来没像现在这么轻盈，人与人的关系也从未像现在这么简单。

她所经历的一切，所有那些构成生活的平常组织的小事，水龙头里放出的热水，在咖啡馆露天座喝的冰啤，所有这些突然就变成了如此神奇的东西。

我感觉生活变真实了，怎么跟你解释这个呢？

赫西俄德在《工作与时日》一书中如此写道："诸神把让人类生存的东西给藏起来了。"

蒙特丝感觉在十五岁的时候发现了别人一直藏着不让她知道的生活。她一头扎了进去。她抖动着身体。这是一种纯粹的快乐。那一段生活让她在七十五年后用完全是伊比利亚人的夸张语言宣称，如果武装战争打输了，另一场战争永远不败，你听着！

我在听，妈妈，我在听。

你知道吗，要是有人要我在一九三六年夏天和从你姐姐出生到今天我生活的这七十年之间做出选择,我不确定会选择后者。

谢谢!我有些生气地对她说。

刚开始在城里逗留的时候,害怕在街上迷路的蒙特丝几乎不到外面去冒险。

但很快她就发现了逛街、在女性内衣商店橱窗前流连的乐趣(尽管这些商店对妇女解放没派上用场但革命者还是容忍了它们的存在),浅口胸罩,花边吊袜带和红色尼龙连衫衬裙,这些东西能唤起她最疯狂的爱情梦想。

她发现了大海。

她害怕下到海里。

最后她终于把脚泡进了海水里,一边发出快乐的尖叫。

她和罗西塔还有弗朗西斯卡一起到城里的公园散步,公园里一些安那其演说家站在木箱上慷慨陈词,成百上千的游人给他们鼓掌。她们盯着那些男人看。她们渴望爱情。她们祈求爱情的到来,她们呼唤它,她们在颤抖的希望和各种欢呼声中呼唤它。总之她们恋爱了。只是让她们寄托这份爱的人还没出现。

蒙特丝记得有一天她和罗西塔一起沿着一条林荫大道闲逛,圣埃斯皮里图银行前面的一伙奇特的人群吸引住了她的目光。两个人走近那围成一圈的看热闹的人群,她们被眼前的情景惊得目瞪口呆:四名男子围着一个火堆,另外一个男子正在往火堆里扔一沓沓钞票,没有人有阻止他们这么做的意思，没有人想要强占这笔财富，没有谁对这种众目睽睽之下悄然无声地进行着的焚烧钞票的做法表示愤怒。

　　至于蒙特丝和罗西塔，她们俩不敢表现出极度惊讶的样子，那会让她们俩被看成粗野的乡巴佬。她们从小到大一直关心的事情就是省钱，省下几个比塞塔，一点面包屑也不要浪费，衣服穿到只剩最后一根纱，在此之前她们所过的，不说吝啬吧，却是最精打细算的日子，从孩提时起她们的母亲给她们反复灌输的是爱节约（因为节约对她们的母亲来说绝不是什么忧虑或者当务之急，而是一种爱好，甚至是一种特殊的爱好，甚至是一种强烈的爱好，甚至是一种爱），那一天尽管她们觉得这件事太不可思议，但她们依然觉得很正常，反正就像一九三六年夏天所发生的一切事情一样，在那个夏天，所有的道德准则都被推翻，所有的行为都被推翻，所有的感情都被推翻，让大家的心突然转向高处转向天空，我亲爱的女儿，这就是我想让你弄明白你却很难理解的东西。

　　当我回想起那一幕，我母亲对我说，我就想，我本该偷一包钞票走的，那我今天也不至于如此穷困潦倒。

　　确实，我母亲一生中从没机会烧钞票点烟。为了让我们有衣服穿有东西吃，她甚至不得不精打细算，为了摆脱困境不得不采取别人教给她的严格的家庭经济管理原则。从她看见堆积如山的钞票化为灰烬的那个时候起她对银行就没有任何信任，为了养老，她在自己卧室的割绒地毯下面藏了一小沓钱，那是她耐心地积攒起来的，但随着时间的推移变得毫无价值。

我母亲：我骗过他们。

我：骗过谁？

我母亲：当然是那些银行家。

    今天上午我听我母亲讲述的这个插曲我从未在任何历史书中读到过，那个时代最强烈的标志中的一个对我来说突然好像具体化了。我听着我母亲的讲述，心里又一次问自己，因为自从她跟我讲述那个神奇的夏天以来，总是出现同一个问题，我又一次问自己：那个在今天看来难以想象的年代，那个人们为了显示他们蔑视金钱以及金钱导致的疯狂而焚烧成沓钞票的时代，在她身上留下了什么？只是回忆，抑或远不只是回忆？她那时的梦想全都熔化了吗？它们全都沉淀到她的心灵深处，就像这些沉入杯底的微粒一样？抑或，依然有一团磷火在她那颗苍老的心里燃烧，就像我非常乐于相信的那样？

    无论如何，我能察觉到的，是我母亲这几年来一直在疯狂地嘲笑她所拥有的那少得可怜的、谁想要就分给谁的积蓄，她的医生把她用钱上的大手大脚归因于她的疾病、她的记忆障碍，归因于她那就算不说是连续不断吧，但也多得数也数不清的语言偏差。

    但我更愿意相信她的医生诊断出错了，我更愿意相信她心里依然有一团摇曳的微光在闪烁，烧钱就像烧垃圾似的一九三六年那个八月，那些火炭依然是暖的。

蒙特丝赞叹世界之美的时候，想赶在签署用工协议之前给自己放几天假的何塞把时间都耗在了咖啡馆的露天座上，一边喝咖啡一边和那些跟他一样的年轻人一起谈论这场重新改变世界的革命。

但是，何塞慢慢感觉到一种不舒服在侵蚀他的全身。在那些措辞讲究的言谈后面，他不禁听到了革命宣传的说教，城里的墙壁上布满了这样的说教，跟他童年时听到神甫米盖尔先生的教理讲授如出一辙，一种过于简单的教理讲授，模仿其语言，充满具有欺骗性的乐观，用噼里啪啦的浮夸句子让那些耽于幻想的青少年轻信：用英勇的胸膛组成的壁垒抵抗法西斯的瘟疫。在风中播撒新一代劳动者理想仆人的种子的优雅斗士的胜利进军……反正就是虚张声势不知所云。

他明白自己也会像其他人一样，气喘吁吁地重复着一些当季的陈词滥调和那种颤抖夸张的说话方式。

这个，让他深感不安。

但是最让他感到不安的是那种他不敢跟任何人说出来的、只是勉强敢向自己承认的感觉，感觉自己参加民兵队伍可能毫无意义。

尽管何塞从未有过如此强烈的献身愿望，但是他也从未感到过如此没用，如此悲伤地相信自己的农民见识、农民力量和农民勇气在这场战争中除了让自己去白白送死之外毫无用处，只能是白白送死而且必死无疑。然而，眼下，他想活下去，他妈的，他想活下去。他还想一大早闻到咖啡的香味。他还想看天空，看女人，喷泉，挺拔的橄榄树，村里的灰毛驴和它们的温驯样子。他不明白他看见的这些昂首挺胸、西班牙特有的屁颠屁颠的年轻人执意上前线送死到底是为什么。

　　因为何塞才几天时间就弄明白了，那些一边等着永远也不会送达的武器一边临时应战的人没有任何能力，最惨的是他们对军事知识一无所知，比方说连参谋部地图都不会看，不会制定任何战略方针，因而也不能组织他们的部队作战。他在咖啡馆里听见他们不知疲倦地嘲笑，嘲笑那些饰带、细短绳、勋章、肩章、小胡子以及其他的士官用来装饰的小玩意，讨厌或远或近让他们想起军营里的脚臭味的东西。

　　何塞情不自禁地想，这种对军事的戏谑蔑视，这种对道德和善良感情的愚蠢信任极有可能让大肆宣扬为了祖国的最大利益而奔赴前线的成千上万的年轻人遭遇屠杀。他情不自禁地想迎接他们的道德和他们的善良感情的极有可能是K98毛瑟枪，迎接他们那理想主义的则是枪炮连射，这一点那些爱说教的人道主义者好像很难接受。

　　这些年轻的堂吉诃德穿着破旧的绳底帆布鞋和破旧的粗布工作服去打仗，他们没有任何战争阅历，不知道战争丧失理智的疯狂，不知道它恶心的一面，不知道它的恶劣与残酷。他们缺乏经验，勇敢地挥舞着破旧的枪支，可他们不知道如何使用这些枪械，甚至连把枪托抵在肩上都不会，不知道如何通过瞄准孔对准靶子，不知道如何装子弹，皮带上挂着改装过的稍不留神就会炸到自己脑袋的手榴弹。这些年仅十八岁的年轻志愿兵只能是去送死，因为迎击他们的是民族主义分子的军队，那是一支久经沙场威力无比的军队。

当他们抵达前线的时候，吃不饱，武器装备极差，犯困迟钝，身体被冻僵，如此疲惫不堪，以至于在其他任何情况下可能让他们觉得恶劣的集体屠杀也变得可以接受，这时他们已经没有别的想法，只想着保命，只想着战斗，心中不再有疑问，他们做着机械动作，再也没有任何善恶意识，没有任何情感，一声令下，他们朝对面开枪射击。那些年轻人更有军人气派，穿着十分整洁的军服和十分威武的军靴，但同样是受到那一边阵营的宣传欺骗，那一边阵营同样通过欺骗的手段颂赞他们的战斗精神，允诺牺牲后给他们追授勋章，或者更常见的，在他们的墓碑刻上祖国永远感激你，怎么不会呢？

然而，由于何塞恰好是农民，也就是说他能熟练地使用犁铧战胜干旱的土地，他很清楚精神战胜不了物质，尤其是这物质以 MG34 机枪的外形出现的时候，他知道人们是不能用三块石头和一个哪怕很崇高的理想去对抗一支训练有素的军队，一支拥有大炮、装甲车、轰炸机、坦克、排炮和其他具有铲除敌方有生力量的超强威力武器的军队。

至于那些加入到共和军行列里的外国人——这已经成为反法西斯主义的标志，他看见那些人在摄影师前摆姿势，展示手上扛的枪支或者高高举起反抗的拳头，他看见他们在咖啡馆的露天座晒太阳，陶醉在夸夸其谈和与他们很相配的激动中，或者按西班牙的流行方式用甜言蜜语追漂亮的女孩子。他的心揪着，他想，他们在这里出现象征意义可能大于实用价值（他突然想起他得把妹妹盯紧一点，这些自炫其美的男子中随便哪一个都有可能去勾引她并用最具体的方式把她的肚子搞大）。

何塞感觉到越来越迷惑不解。然而，在这个时刻，他还是希望革命和战争同时进行。他依然抱着希望。但是他的希望中有什么东西在慢慢开裂。

他曾经疯狂地渴望成为一场撼动人类历史的暴动的热情参与者，然而现在他却在扪心自问，自己在那里凑什么热闹，看着一辆辆装满送去宰杀的年轻人的卡车经过，听那些戴着金边眼镜的俄罗斯密探要那些外国人提防安那其策划的恶毒阴谋，在咖啡馆里忍受着听绝对自由主义者和共产党的没完没了的争吵，每一方都筋疲力尽地指出对方阵营中的罪魁祸首，双方都说抓到了证据，不是瞎说，便是捏造，他在村里听过的店主之间的争吵以同样的方式在这里重演。

但是，他对共和军获胜的机会产生迷惑也许还不算什么，一想到自己把父亲一个人丢在村里干农活他就觉得很难过。就像他在七月份有一股不可抑制的出发的冲动一样，他现在产生了同样的要回到父母亲身边的冲动，他和他们有着千丝万缕的联系，虽然他不知道是什么东西把他们联系在一起。

他得走了。他的本能告诉他必须走了。

他又用了两天时间权衡利弊。

后来发生的一件事让他痛下决心。

一天晚上，他在兰布拉大街的夏日咖啡馆露天座乘凉。

他是一个人去的。他喝着一杯葡萄酒。他看着路上的行人。他心不在焉地听着周围的人交谈。

在离他不远的一张桌子旁,两个男子已经干掉了好几杯。他们的说话声很大,他只能听他们的。他们很兴奋。他们打嗝。他们互相祝贺。他们对自己满意得不得了,正在互相颁发英勇勋章呢。他们居然干出了这等下流事!他们抓到两个躲在地窖里吓得半死的神甫,他们砰的一枪崩掉了第一个神甫的脑袋,他们叫第二个已经吓得屁滚尿流的神甫赶紧滚,就在他开始跑的时候,他们砰砰朝他的后背开了两枪。一天时间毙掉了两个神甫!他们还以为会一无所获呢!清点被打到的猎物时才发现还不赖嘛!该看看他们吓得魂不附体的熊样,那两个狗神甫!可笑至极!

他们觉得很有趣。

他们很讶异,因为何塞不像他们一样兴高采烈。

他会不会是个佛朗哥分子还是什么的?

何塞用手摸了一下前额,就像一个从噩梦中醒来的睡眠者。

他惊呆了,就像贝尔纳诺斯同时在帕尔马被惊呆了一样,而且都是因为相似的理由。

他僵坐在椅子上,因为恐惧整个人都瘫了,吓了个半死。

那么一个人可以如此杀人而被杀害者之死不会让他的良心产生丝毫的触动、丝毫的抵抗吗?那么一个人可以如此杀人就像杀老鼠一样吗?没有丝毫的良心上的谴责吗?还以此为荣吗?

可是，要陷入什么样的错乱和什么样的狂热，才会让所谓的"正义事业"容许犯下如此令人发指的暴行？

不要对任何人下跪。只跪在你自己面前。

如果有一天这两个杀人犯跪在自己面前，他们的脸上会凸显出什么样的卑劣表情啊？

何塞再也不能对之前一直小心翼翼地回避的事实视而不见，他一直不去想它，但现在它却开始张牙舞爪，大呼小叫，严厉地责备他：每天夜里，民兵行刑队都会出发去暗杀神甫和所谓的法西斯疑犯。也许没有马略卡岛严重，尽管我没有统计过他们所犯下的罪行，但是这里的问题显然不是数量问题。

何塞，就像贝尔纳诺斯在帕尔马一样，发现一股仇恨的浪潮在侵蚀他自己的队伍，一种被允许的仇恨，受到鼓励，无拘无束，就像我们今天可能会说的一样，而且显得沾沾自喜，洋洋得意。

何塞现在只有一个愿望：以尽可能快的速度回家。他决心已定。他不参军打仗了。别人可能会把他视为逃兵，他无所谓了。他会和胡安、罗西塔一起回村里。

蒙特丝不想走，她要跟弗朗西斯卡在一起。

这会让她长大的。

他没想到自己全说中了。

第二天是八月八日，我母亲想起这个日子，一点也不含糊（我问：你记得那个日子吗？我母亲：我好像有记忆障碍，是那个笨蛋医生说的,可是你瞧瞧!),第二天,法国政府部长会议决定不干涉西班牙,同时为发生的让这个美丽国家惨遭蹂躏的可怕战争感到极度极度极度的惋惜。

西班牙人,

西班牙人,你们正经历历史上最悲惨的时刻,

你们要独自面对!

独自面对!

作家何塞·贝加明(天主教徒、共和党,自相矛盾,西班牙驻巴黎大使馆文化专员)为获得资金和道义上的支持所做的辩护就这样一点用场都没派上。

所有的法国老兵协会都发表声明要求法国政府必须在西班牙事务中保持中立,受到惊吓的圣-琼·佩斯也是持这个立场。

至于苏联领导人,他们还在犹豫,而希特勒和墨索里尼正在协助佛朗哥的部队越过直布罗陀海峡。

一直等到九月初,斯大林才决定支援共和党,第一批装满军事物资的船只离开了敖德萨。

我母亲说,任何言谈都不足以表达何塞在得知这些消息时流露出的失望,夹杂着愤怒的失望。我亲爱的女儿,当我回头再想的时候,我明白了他的忧郁就是从那个时候开始出现的,假如我没弄错的话。

在帕尔马,几个月过去了,恐怖行为得到了证实。

贝尔纳诺斯得知马略卡岛上那些被他称作民族主义分子

的十字军战士仅一个晚上就处决了集中在壕沟里的所有囚犯,"就像赶牲口一样把他们一直赶到海边","不慌不忙地,像牲口一样一头接一头地"对他们进行枪决。处决完了,十字军战士"把那些牲口堆成一堆——包括被赦罪的牲口和没被赦罪的牲口",然后在尸堆上浇上了汽油。

"极有可能,"他写道,"这场通过火烧的清洗由于有神甫在场,便具有礼拜仪式的意义。可惜的是,我在第二天才看到这些被大火烧得黑亮黑亮的扭曲的尸体,其中还有一些摆着淫秽下流的姿势,会让帕尔马的妇女和听她们告解的神甫感到伤心的。"

在马略卡岛,死亡变成了主宰。

死亡。死亡。死亡。一望无际的死亡。

在恐惧和厌恶中,贝尔纳诺斯极力地保持清醒。无论付出什么代价。"您对我而言就是一位保持着令人悲伤的清醒的兄弟。"阿尔托[①]一九二七年在给他的信中这么写道,这位作家是他的同代人中唯一或者几乎唯一的喜欢过他的作品《欺骗》的人。

对抗懦弱和沉默的清醒。

逼着自己直视眼前的恐怖并且立即指证罪行的清醒,而佛朗哥分子对这些罪行闭口不提。

因为,跟共和党不一样,共和党在他们摧毁的教堂里或者在被他们杀害的修女尸体前面摆姿势拍照留给后人做证据

[①] 安托南·阿尔托(1896—1948),法国演员、诗人和戏剧理论家。

(照片传遍全世界),佛朗哥分子的宣传部门则严加提防不让任何证明蓝色恐怖(蓝色是长枪党制服的颜色)的惨无人道的图片流出去。

贝尔纳诺斯决定要把它们(那些惨无人道的行为)说出来。

他说,他这么做是出于名誉,这种被视为反动东西的古老的名誉,这种东西在他看来是孩子的事情,城里的年轻人非常清楚这一点。

他决定把这些事说出来,因为他没有敏锐的大脑(他为此感到很遗憾)——为有敏锐大脑的读者写作的那种敏锐的大脑(那么,假如我相信我所热爱的这位思想家所说的这句话,那是因为他是一位伟大的作家)。

他决定说出教会重复了一千遍的口号"拯救基督之墓",没有别的意思,只是将可疑分子逐渐灭绝。

他决定说出民族主义分子施行恐怖统治,而这种恐怖统治受到一个圣洁地高喊"请接纳一个战士,哦,基督,我们祝福他"的教会赞赏和鼓励。

他写道,在这种恐怖统治中,"当权者不仅认为无限地加重某些轻罪让犯人受军法处置(紧握拳头的动作按死罪处理)是合法正常的,也觉得预防性地消灭危险人物,也就是说被怀疑会变成危险人物的人也是合法正常的"。

贝尔纳诺斯发出警报一般的叫声:有一支人民需要拯救。不要等到民族主义分子已经把他们斩除干净才去拯救。

他还直接地向主教求助,带着这种绝望的讽刺——这是他的标志:"不会的,主教阁下,我绝对不会怀疑您的可敬的兄弟,帕尔马的主教大人!他会像往常一样让一定数量的神甫代他出席宗教仪式",这些神甫在士兵的监视下,一边给那些即将被枪毙的可怜的人举行仪式,一边赦免他们。

随着战争的爆发,西班牙教会暴露了它那副令人恐怖的丑恶嘴脸。

对贝尔纳诺斯而言,无法挽回的事已经结束了。

第二章

才到村里，何塞就撞见了曼努埃尔，曼努埃尔和他一起分享过七月的豪情但最终还是没有下定决心从家乡离开。

何塞把自己在城里的逗留情况以及他所见到的那种轰轰烈烈的景象都一五一十地跟他说了。但他闭口不提那种跟村里情况没什么两样的乱党之间的吵闹，闭口不提那些夹带俄国口音戴着金边眼镜的政治特务的骗人宣传，闭口不提兰布拉咖啡馆里两个杀人犯那种让人终生难忘的可怕冷笑，好像不说出那些事就能帮助他让它们在他心中保持沉默，好像隐瞒可以避免让他彻底崩溃。

他的朋友曼努埃尔在战前如此兴致勃勃，但现在听他说话时一脸的木然，仿佛何塞说的那些话把他带回到了他人生的一个遥远的差不多已经彻底忘记的时期。

他已经重拾从前的习惯，可能想急切地摆脱七月的激情，摆脱可能要与曾经充满他的心的宏伟理想较量的恐慌。

现在，所有一个月前他爱过和捍卫过的东西都提不起他的兴趣。

更糟糕的是，他抗拒它们。他摒弃那一切。

为了替自己辩护，他用两个礼拜的时间堆出了一连串责备的话，劈头盖脑地泼向他的那些老朋友，这种指责大多是荒唐的、没有根据的：说他们是酒鬼、懒鬼，到处拉屎就为了满足他们的性本能的基佬、贪欲、色鬼，他说他们表现得过于廉直，这也是一种令人不安的怪癖，还说他们让民族主义分子占了便宜，跟他们一样充满偏见、满嘴谎言，没过多久就罔顾事实（何塞不久就发现曼努埃尔的指责传遍了村子，传播的速度跟流感病毒一样快）。

何塞感觉自己被解除了武装。

被出乎意料的敌意解除了武装，他已经没有精神动力了，无法捍卫他在列伊达用了那么多热情去拥抱的革命运动。

他心想，他蔑视人们的摇摆不定和他们见风使舵的本领。

他心想，他低估了他们的需要，他们需要诋毁最美好的东西并让它们受到轻视。

他又一次怪自己天真单纯。

但他还在希望。没有什么东西比希望更执拗更顽强，尤其是这种希望没有根据的时候，希望是一棵绊脚草。

他想，现在改变主意还为时尚早。太早以至于不能把自己装成一个挨过打的人，希望是一棵绊脚草。

尽管从那些"难忘的日子"起，他的热情大大减退，尽管他的革命思想蒙上了一层不断蔓延开的阴影（我说：缩小到一张驴皮。我母亲回答：这个说法真漂亮！），但他身上的某种东西，他过去的梦想却不愿意就此消亡。

他努力使自己镇静下来。

装出一副漠不关心的语气，因为他不想被人视作一个不可救药、头脑简单的家伙，他告诉曼努埃尔自己有个小小的计划，他想给村里那些目不识丁的农民上课，这些人固执地保持着愚钝的状态，一直受那个恬不知耻的迭戈的糊弄。

曼努埃尔做了个鬼脸。他没掩饰好自己的怀疑态度。他试着说服何塞加入到迭戈领导的那个阵营,而不是尝试一些冒险行为。否则,他可能会给自己惹上最糟糕的麻烦。小心你的头发!

小心那个红头发的家伙!

绝不!何塞使出最后的力量肯定地说道。死也不会跟迭戈妥协!在这种信念问题上他是寸步不让的,否则他只能是受制于人。说什么他都不会重蹈城里那些伙伴的覆辙,那些伙计在答应加入地方政府的同时,慢慢地从让步到放弃,失去了形成他们自己的力量的东西。

但是,何塞在经久不息的讨论中特别留意到的是,迭戈才用几天时间就在村里树立了很高的威望。

他发现,几乎所有的村民都归附于他。

最反共的人现在开始赞扬他。那些马屁精开始对他溜须拍马:您临危受命,是最合适的人选。那些卑鄙的家伙极尽卑鄙之能事,为了讨好他,装模作样地彻底反对安那其的满嘴空话。那些哈巴狗扑到他身上就为了握一下他那最马克思列宁主义的手。那些家庭主妇虔敬地拜倒在他的鸡巴蛋前面,因为家庭主妇就喜欢虔敬地拜倒在头儿的鸡巴蛋前面(我母亲说)。

何塞于是在和曼努埃尔的谈话接近尾声时得知他自己的父亲也变成了迭戈的拥护者。

这简直就是在他的胸口戳了一刀啊。

当何塞在村里垂头丧气的时候,蒙特丝和弗朗西斯卡则在离村几公里外的地方继续享受着城里的快乐。每天晚上,她们都跑过去坐在咖啡馆的露台上,那些咖啡馆自革命后,客人都可以去那里免费喝杯水而不会被赶走,可以坐在那里看夜幕悄悄地降临在建筑物的屋顶上。

八月的一天傍晚,蒙特丝独自一人坐在夏日咖啡馆里,进城的第一天她就去过那里,她随即就认出了坐在邻桌的那个年轻的法国人,就是那个朗诵赞美大海的诗歌的人。

这时,我们四目相对,我们一见钟情,我母亲一边说一边开始唱起歌来:

> 橙子啊橙子还有那葡萄
> 在那枝丫啊枝丫上熟透
> 那些相爱的小眼睛啊小眼睛
> 在那远处啊远处互相打招呼

那个年轻人请求她允许他过去与她同坐一桌,她大大方方地答应了(因为一个名副其实的革命者就该鄙视那种娇态、装出的腼腆和其他资产阶级矫揉造作的症状)。

那个年轻人名叫安德烈。他是法国人。

他说的西班牙语语调无懈可击。他自我介绍说他是个初出茅庐的作家。一个星期之前他离开巴黎,在一个国际纵队等待分派职务,准备上阿拉贡前线去打仗。他在佩尔图斯[①]上

[①] 法国东阿尔卑斯省的一个市镇。

了一列又挤又脏的火车,但他很快就忘记了车厢的肮脏,被车厢里弥漫的异常热烈的气氛给吸引住了,装着白葡萄酒的水壶在人们的手上递来递去,声音颤抖的朗诵,沙哑的歌手,破口大骂那个婊子养的还有他手下的那帮混蛋,有什么悲伤和兴奋的事,就像担心的事情成功了但依然有什么地方不明朗。他在火车站的月台上受到许多手捧鲜花的漂亮女孩的欢迎,她们把他带到大陆酒店,他住了进去,房费很低但服务一流。

他对蒙特丝说他为法国感到耻辱,为在希特勒脚下俯首称臣的欧洲感到耻辱,为与军人狼狈为奸的天主教会感到耻辱。

他第二天早上就要出发。

他有个人晚会,准备通宵达旦地举行。

蒙特丝看见他的第一秒钟就爱上他了,全身心地爱上了,而且永生永世地爱上了(告诉那些不懂的人吧,这个就叫爱情)。

他们决定去看电影,自从绝对自由主义分子夺取这座城市之后,电影院就免费入场了。两人刚坐下,就猛扑到对方身上,在黑暗中狂吻起来,这个吻持续的时间不少于一个半小时。这是蒙特丝的初吻,蒙特丝就这样面对银幕,开启了雄伟壮丽的肉体享乐的入场仪式,银幕上也有人在接吻,可能更专业但也更节制。

由于从七月份以来,没有任何东西按照以前的老规矩进行,由于道德准则要听信于人的愿望,由于谁也不想再受制于过去的束缚,由于所有的人或者几乎所有的人都抛弃从前的东西而且没有丝毫的内疚自责(然后还是有点担忧),蒙特丝在一个半小时的甜蜜热吻之后,毫不迟疑地决定跟那个法国人去他的酒店客房。她没有时间也没有心思去想自己穿的内衣是不是合适(抑制欲望的棉质大裤衩和配套的短袖衬衣),他们就已经倒在床上,急促地喘着气,互相抚摸,身体热烈地缠绕在一起,然后激动地迫不及待地全身颤抖着做了爱,这个我就略去不说了。

他们倒下来侧向一边,气喘吁吁,大汗淋漓。他们互相凝视着,仿佛在互相探寻。他们有一刻一句话也不说。然后蒙特丝问法国人几点出发。法国人用一只沉思的手抚摸着她的脸蛋,跟她说了几个她没听懂的字。他的声音颤抖,哆嗦得厉害,难以忘怀(我母亲说的)。她让他再说一遍。他又跟她说了那几个她不懂的字,或者不如说她听懂了但只是意会了(告诉那些不懂的人吧,这个就叫诗)。

早晨七点钟的时候,法国人看了一眼手表。

他惊跳了起来。时间过得那么快。他起得太晚了。他急匆匆地穿好衣服,最后再吻了她一次,然后跑出去和那些等着他要把他送上前线的人汇合。

蒙特丝回到和弗朗西斯卡一起住的公寓,心花怒放,那是一种让她几乎受不了的喜悦,一种让她飘飘欲仙的喜悦,仿佛心中有好多小鸟在扑腾,一种她很想大声叫出来的喜悦,毫不夸张地说,都快从她的眼眶里溢出来了,以至于当她走进厨房的时候,正在厨房里忙活的弗朗西斯卡用吃惊的眼神看了她一眼,仿佛她突然间变了个人似的。

你咋的啦?

我恋爱了。

多久了?

从昨晚开始,会一生一世。

才多久啊就开始讲大话了!

这是个讲大话的季节,蒙特丝回答道,她看上去光彩照人。

她急不可耐地想把她全新的幸福告诉全世界,她跟姐姐讲述了自己跟那个法国人的邂逅和那个一直下沉到灵魂(或者说上升,就看你把那东西放在什么地方)的一个半小时的长吻,但闭口不谈他们在酒店客房的那张床上翻云覆雨以及她的感受。

在随后的那些日子,那些岁月,蒙特丝从没停止过对那个法国人的思念(他可能永远也不会再联系她了,最好的借口就是她没来得及把自己的名字和家庭住址告诉他)。他睡得好吗?他吃什么?他也思念她吗,就像她对她日思夜想一样?他在哪处前线打仗?他冷吗?他饿吗?他害怕吗?他活着还是已经死了?她可能永远也不会知道了,在随后的七十五年中她千万次地问过自己。

她的例假没按时来。时间一天天地过去,但例假一直都不来,蒙特丝必须接受这么一个事实了:她确确实实怀上了,在西班牙语中"怀上"这个词更有说服力,怀上了那个我姐姐和我从童年时起就一直称作安德烈·马尔罗的那个人的孩子,我们这么说是因为我们不知道那个人的真名实姓。

蒙特丝听说她哥哥为堕胎的合法化感到高兴,他说,堕胎的合法化有助于妇女解放。有一刻她想到了求助于这个办法。但她身上有什么东西在抵制这个决定,她每天都在把做决定的时间往后推。

弗朗西斯卡终于发现蒙特丝有问题。她之前总是一天到晚歌声不断(她在唱歌方面有惊人的天赋,我相信如果碰到一个合适的经纪人,她极有可能一举成名,然后一辈子做歌星,因为她不只是有音乐天赋,而且人长得特别漂亮,我这么说并非有什么先入之见,做歌星的话,就能极大地改善她的经济状况,为她打开那个大世界的门,并为她带来其他机会,让我也跟着沾光),现在却一言不发,把脑袋埋在手心里,郁郁不乐地沉浸在自己的思绪中,心不在焉,以至于轮到她煮菜时,经常会把那些菜烧焦,比如鹰嘴豆,蒙特丝总要等到整个屋子都布满浓烟时才发觉菜烧焦了。

你是不是想妈妈了?一天,姐姐弗朗西斯卡问,因为菜老是烧焦引起了她的警觉。

蒙特丝突然想到母亲,她出来后还没给过母亲任何音信,尽管事先答应过她。

是的,她说道,一边说一边嚎啕大哭起来。

弗朗西斯卡把她搂在怀里,这一搂让她哭得更厉害了。她一边掉眼泪,一边在姐姐的颈窝窝那里嘟嘟哝哝含混不清说着别人听不懂的话,足足十分钟之后,她跟姐姐交代说她怀孕了,现在只有一个办法能解决了,那就是自杀。

自杀的办法刚一被排除（也够快的），蒙特丝就突然决定不在城里待了。一股难以抗拒的野兽一般的冲动催促她回去见母亲，尽管她已经确切地知道见到母亲后会发生什么事：没完没了的唉声叹气，泪流满面的祈祷，什么我的上帝啊，小耶稣的圣母啊，别人会怎么说啊，诸如此类。

十月的一个灰蒙蒙的下午，米兰-阿斯特雷[①]将军劈头盖脸地对萨拉曼卡大学校长乌纳穆诺[②]说"处死知识分子，死亡万岁"后过了六天，这个后来变成民族主义分子集合号令的号召发出后才过了六天，在兴致勃勃离开家赶往城里整整两个月后，蒙特丝回到了村里，肚子里带了个孩子，袋子里装着一台收音机，同时心里还带回了对夏天的美好时光一去不复返的确信。

在她看见头几栋房子的那一刻，一种孩子般的想哭的冲动让她的喉咙一阵阵发紧。她寻思，她的一段人生在这一确切的时刻结束了，她把青春和快乐永永远远地留在了身后。

她感觉自己离开村庄已经很久了，很久很久，那是在另一段历史，另一段人生当中的事情。

她觉得村子肃穆、凄切得无以复加，如此冷清，让她感觉到她在村里的出现显得尤为突兀，百叶窗后面所有的长舌

[①] 何塞·米兰-阿斯特雷（1879—1954），西班牙军人。西班牙内战期间佛朗哥军队集合口号"死亡万岁"的提出者。
[②] 米盖尔·德·乌纳穆诺（1864—1936），西班牙著名作家、哲学家，"九八年一代"代表作家。

妇都在窥视她。

她沿着那条坡道往下走,那条路通向她的家,她推开牲口棚的门,慢慢地上了楼梯,走进客厅,客厅里放着那个丑陋不堪的寒酸碗橱,碗橱上面还挂着那个带耶稣像的木十字架(我们要注意,那个十字架母亲拒绝摘下来,她丈夫和儿子最后都不得不做出让步,他们都宽宏大量地觉得,她的固执是政治意识落后的家庭主妇的一种任性,最好不要去干涉),她心想她回到自己出生的房子时带了一颗外国女人的灵魂。

母亲从厨房里冲出来,扑到她的脖子上,我的心肝宝贝,让我好好看看你!说完她久久地打量蒙特丝,走的时候还是个不讨人喜欢的少女,现在却出落成一个充分发育的年轻女郎(尤其是腹部,我母亲笑盈盈地说道)。

瞧你变化多大啊!瞧你长得多漂亮啊!

何塞则相反,从田里下工回家的时候看见她回来了,看上去好像并不高兴,只是生硬地问她怎么回来了。因为每个人都只有一个母亲,蒙特丝支支吾吾地回答。一个都嫌多!何塞大叫起来。你闭嘴!母亲一边说一边假装把一只便鞋脱下来砸他脑袋。蒙特丝发现哥哥和母亲又恢复了从前的老习惯,不知道为什么,这一发现让她感到了一丝欣慰。

第二天早上,一夜都没合眼一直在想用什么办法和在什么时候把怀孕的消息告诉母亲的蒙特丝决定向母亲坦白。一起床,她就突然宣布她肚子里怀了一个孩子,孩子的父亲在打仗的时候牺牲了,她觉得自己把事情用这种讲法说出来比实话实说显得更加庄重更能让人接受。

于是她担心发生的事情实实在在地发生了。母亲开始呼天抢地,声泪俱下地说她把家里人的脸都丢尽了,说她玷污了家里人的姓氏和名誉,说这是她一生最大的耻辱,说村里人会对他们指指戳戳,说那些人会让他们一家人名誉扫地,说要是这件事情传出去,她父亲会杀了她的。

我巴不得呢!蒙特丝沉着脸,针锋相对地顶了一句。

她这么一顶,令人讨厌的叹苦经停止了,但唉声叹气、愁眉苦脸在继续,反复规劝还在继续,规劝她千万不要把这事情张扬出去,还有向耶稣和圣母的虔诚的祈祷,那可能会帮她找到救助的办法(救助的办法实际上可能来自一次尘世的相会,但是不到时候我们还是不要公开)。

贝尔纳诺斯则在他那边不停地思索西班牙发生的那些事件,这些事件可能永远铭刻在他的脑海里,直到生命的尽头,而且可能会对他的思想和信仰产生深刻的影响。

教会的卑劣行径都把他吓懵了,它的厚颜无耻,它冷漠的投机行为,它的老奸巨猾,所有这些都不合常理地让他表现出了对基督的加倍的爱。

但他的那个基督不是蒙特丝母亲眼里那个神奇的基督,也不是普拉太太那个爱记仇、喜欢看到她一身病痛的基督,更不是帕尔马主教眼里那个无比强大的基督。

他的那个基督只是福音书里的基督,那个救济乞丐、原谅盗贼、降福给娼妓和所有卑微的人和所有失去社会地位的人和所有的叫花子的基督,他是真心实意地爱他们。他是那个对有钱的年轻人说:去吧,把你的财产卖掉,把钱分给穷人的那个基督。

他妈的,只需要翻开福音书看看就知道了!那个唾弃那些只说不做者,唾弃那些把重担压到别人肩上只顾自己享乐的懒虫的人。只需翻开福音书中的随便哪一页啊!那个鄙视那种无益的伟大,只惩罚那些跑到有钱有势者家里大吃大喝的知名人物,听到别人叫他大师就兴奋得不得了的人。

很奇怪,贝尔纳诺斯的基督比较接近皮埃尔·保罗·帕索里尼①的那个兄弟般的基督,帕索里尼在耶稣的脸上和那些簇拥在他身边既没有家也没有墓地的人的身上看到了今天的悲剧事件中那些逃亡的穷人的影子。

他是那个没被共产党也没被渎圣者钉上十字架的基督,贝尔纳诺斯用辛辣的讽刺笔调指出,"他是被那些受到大资产阶级和当时的文化人(人称誊写人)毫无保留地拥护的有钱的教士钉上去的"。

要不要把这些原始史料跟西班牙的主教、高级教士以及他们的追随者重申一遍?

这些追随者拿着敞开爱的大门的上帝的恩典在做什么?上帝的恩典难道就不应该从他们身上像一只电灯泡一样发出光来?这些伪君子把他们以热爱穷苦人为乐的精神都藏到什么鬼地方去了呀?

---

① 皮埃尔·保罗·帕索里尼(1922—1975),意大利作家、诗人、导演。

要不要一边严厉地训斥他们,一边跟他们重申,基督是穷人中的一员,就像后来在翁布里亚的路上宣布建立贫穷制的那个穷人一样?但"那些追随者都是些老奸巨猾的家伙。圣人带着被他视为夫人的'圣贫穷'在各地游历那么久,他们还不敢多说什么。但圣人一死,你想怎么样?他们就忙着纪念他,贫穷消失在参加纪念的人群之中……金色或者紫红色的流氓吓了一跳,喔唷,好险!"

在贝尔纳诺斯眼里,任何欺骗都无法与此类比。

他这么写,可能会被指控,在反对他从前的那些朋友支持的民族主义分子时,让共产党占了便宜。

回到村里后,蒙特丝没用两天时间就发现那里的气氛比她担心的还要令人窒息。接替七月的快乐喧闹的,是一种不信任的氛围,它渗透到所有的关系直至最亲密的人,某种不可触知的东西,某种变质有毒的东西渗透到空气里,渗透到墙壁中,渗透到田里,渗透到树木之中,渗透到天空和整个大地。

她曾经以最激烈的方式感受过自由的幸福,现在却重回到狭小的地狱。她想到了一直在村里践行的所有的人对所有的人的审查,但现在变本加厉了,让她倍感沮丧。她想,她毕竟可能要在这里过一辈子,她可能永远也适应不了那种被推向极致的流言蜚语:一个女孩子仅仅因为抽了一支烟就要被议论整整好几个星期,还有那些所谓的妇科病也一样,那种病,被感染的器官从来不能明说,一开口就会被认为不合适,或者说实在很下流。

她从罗西塔的嘴里得知村里的大部分村民都归顺到迭戈那边了,迭戈和她哥哥之间的对抗变得如此激烈,以至于有些人预言会发生一些无法挽回的事情。

因为那两个人之间,没有任何东西能让他们达成和解。

我母亲:他们俩一个是白昼,一个是黑夜。

两个人一样年轻一样老,假如年轻和年老还有生物学之外的意义的话。

一个豪情万丈、不假思考、风风火火、莽莽撞撞,性格脆弱但具有骑士风度,另一个镇定,或者不如说受制于掌控事件、掌控他本人的意志,这种意志让他每做一个动作都要权衡,每做一个决断都要斟酌、掂量、评估和盘算(我母亲:这么说可能不公平。我感觉会不大公平)。何塞的敏感使自己很容易受伤,比任何人都更容易受伤,那种感觉仿佛在剥他的皮。同样的敏感却使迭戈变得坚硬、麻木,仿佛给他装上了一层铁甲。何塞的知识既不是在学校里学到的,也不是家庭遗赠,而是从罕见的几本书和好不容易找到的那些报纸上偶然读到的,但那些东西让他获益匪浅。迭戈在对付某件事情或者某个人时总会动用自己的聪明才智,把父亲传授的东西抛到一旁,他说,父亲传授的东西只会让他那种源于社会等级的傲慢变本加厉。一个对政客们的阴谋诡计和卑劣伎俩会勃然大怒,那些政客常常就是通过这些手段发迹的,另一个虽然年轻但老谋深算,不信任别人,无一例外地对所有的人都不信任,他行动谨慎,步步为营,懂得要实现自己迟缓而又谨慎的阴谋必须接受必要的妥协。

一个是心灵之诗的化身,另一个代表的则是现实的散文,我插了一句,因为我总喜欢无节制地引用语录。

类似这种意思吧,我母亲说。

一个为乌托邦梦想振奋不已,天空在燃烧的时候他在列伊达隐约看见了那些美好的梦想。另外那个,可能因为没有内在安全感吧,一心一意坚持秩序的原则(迂夫子的那种可恶的秩序,何塞是这么说的,尽管他从没读过贝尔纳诺斯的书),制定的计划四平八稳不越边界,提出的想法都是中规中矩的那种。当他偶然与何塞碰到一起,他会用一种违反常理的傲慢,刻意夸大其平淡无奇的那一面,朝何塞的鼻孔里吹去的是实用主义的观点,这种实用主义令人沮丧,或者备上了教义的重锤,对何塞进行猛击,要他接受政治上的现实主义的重要意义(何塞说这种现实主义是混蛋理论,尽管他从没读过贝尔纳诺斯的作品)。

但是,私底下,迭戈(根据我母亲的愚见)嫉妒何塞的轻率和夺目的英俊,以及他想象中的脾气,这让何塞的眼睛炯炯有神,还有一种混乱的力量,他猜测何塞身上有这种力量,既吸引他又让他感到惶恐。迭戈(还是我母亲的愚见)嫉妒何塞,那是一种含混的谜一样的粗野、也许还充满爱意的嫉妒,他不知道如何摆脱。

事情的后续发展只是证实了我母亲的假设。

蒙特丝的母亲在反复考琢磨这个难以启齿的可怕的怀孕

消息之后，在十月底的一天上楼来到蒙特丝的阁楼卧室里，蒙特丝的每一天都在那里度过，母亲兴高采烈地告诉她自己想出了一个计划，但她暂时还要保密，一个字都不能吐露。

蒙特丝眼神迷离，没问任何问题，也没让母亲做任何解释，也没表示出丝毫的好奇。在她人生的那个时期，她一心一意只想着被我姐姐和我很小的时候就称作安德烈·马尔罗的那个人。她心里只想着他，其余的一切她都觉得无所谓。她对那些人之间的自相残杀无所谓，对莱昂·布鲁姆①拒绝帮助西班牙无所谓，对小心翼翼地维护着自己仅存的实力、也像法国一样拒绝提供援助的英国无所谓，对让哥哥深陷绝望的事情无所谓，要知道西班牙政府还雪上加霜地被禁止从私人公司购买武器，迫不得已只得投入苏联的怀抱，只有苏联答应可以用西班牙的黄金换战争装备。所有这些事情（我母亲说）我才懒得去理呢，我敢说我压根儿就不放在心上。

她母亲跟她宣布那个神秘计划一个星期之后的一天，她正在阁楼里砸榛子壳，用石头狠狠地砸，就好像她能从中找到排遣忧伤的方法，突然，她听见有人敲家里的大门，她母亲飞速地跑下楼，又跑上楼来，后面跟着迭戈本人。

蒙特丝太吃惊了，以至于刚开始时她一句话都说不出来。

但迭戈，以前那个从来不敢跟她说话甚至在礼拜天跳霍塔舞时也不敢跟她靠近或者悄悄地碰她一下的迭戈，现在却说他非常高兴在这里见到她砸榛子，而不是在城里，他说，

---

① 莱昂·布鲁姆（1872—1950），法国政治家，曾三次担任法国总理。

城里发生的事情正在变味。蒙特丝慢慢地回过神来。

她发现迭戈变了。

他的脸好像没那么死板,没那么僵硬,没那么顽固,另外他的羞怯也没那样有那种引起麻痹的感觉,尽管看她第一眼的时候他的脸还是一下子就红了。

他们聊了一些平庸乏味的事,母亲丢下他们去厨房里拿酒。

蒙特丝趁母亲不在,脑子飞转地想了一下,突然,甚至在不知道怎么开口的时候,她就脱口问迭戈是不是已经知道了。

迭戈随即就明白她说的是什么事。他说知道了。他脸红了。他们都不说话。

蒙特丝舒了一口气,换了一个话题,跟他打听最新的战况,他总是村里第一个知道消息的。

佛朗哥开恩命令雅戈[①]这个在巴达霍斯处决了四千名革命党的屠夫,命令他停止阉割战俘,如今开膛和斩首成为唯一允许使用的酷刑。但我们守住了马德里,迭戈说道,让他非常自豪的是,他所知道的情况都不是那种不实的传闻,而是通过官方的通报和同样具有官方性质的通过电话传过来的消息,好处是可以比村里的传闻提前两三天到达。迭戈说的是"我们",我们的士兵,我们的战争,我们的困难,我们的胜

[①] 胡安·雅戈(1891—1952),西班牙内战时期的军官,有"巴达霍斯的屠夫"之称。

算,仿佛那都是他的私事。蒙特丝有点恼火。

她母亲肩负着虔诚的使命,不知道耍了什么花招也不知道使了什么诡计策划了这次短暂的相会之后,蒙特丝就整夜整夜地睡不着觉。

她是不是必须接受她母亲的想法?是不是必须同意结婚?尽管无论是她还是迭戈都没有提一个字,但这事确确实实跟婚姻有关。

她是不是必须答应嫁给一个她觉得对自己没有任何吸引力的男子,一个除了目光之外从没碰过她的男子,一个一脸严肃、头发颜色跟牛尾巴一样的男子,一个当众说话时一字一顿、语言明确无误让她恐惧的男子,她不知道怎么会有这种感觉,就觉得他的语言,他那高效有组织的字句从他的嘴巴里说出来就像手枪一样。我有些夸张,我母亲说,可是你能听明白吗?

她是不是必须答应这门亲事?她也许更应该用一生的时间等着那个法国人来到她身边?

因为那个时候蒙特丝还抱有那个不理智的希望,她希望那个法国人从前线回来后,会跑过来找她,把她从村里带走,带到他自己的国家,和他们的孩子一起开始幸福快乐的生活。

她日以继夜地思念他。她思念那个让她深爱着的人,那个因为情况太突然她没来得及了解甚至连一张照片都没有的男子。她思念那个男子,她对他的童年,他的爱好,他的弱点,他经历过的把他变成那个样子的遭遇一无所知,她几乎什么也不知道，连他的姓氏都不知道，所以即使她使出私家侦探的力量也不可能找到任何踪迹，但这个人，她知道那是她的真命天子，她爱他，蹂躏着她的忧伤有多深，她对他的爱就有多深。

她经常看见他那张俯向她的脸，看见他那双让她躲闪的眼睛，他前额上那一绺被他猛一抬头甩开的头发，还有他左脸上的那个星形的疤痕，她在那个疤痕上印过最温柔的吻。

他的远离让她心灵饱受折磨。

她的爱情占据了她的全部身心，以至于她感受不到阁楼里的寒冷，也感受不到她肚子里怀着的那个孩子在动。她有时甚至出现了幻觉，觉得她的爱人就在那里，就在她身边，几秒钟之后就不见了。

日子一天天地过去，蒙特丝依然抱着希望，安德烈·马尔罗有一天会突然出现，救她脱离苦海，但她知道希望越来越渺茫。

但愿他回来，她喃喃道，但她的理智严厉地告诉她抱着这种希望是疯狂行为。

她在这种绝望的等待中过了三个月，这三个月中她母亲一滴一滴地向她灌注一种感觉不到的、以不幸相要挟的毒药。

她心想，要是那个法国人不来找她，她就去死。

但是她的肚子越来越大，榛子壳也越堆越高，那个法国人一直没有任何音信，然而她活了下来。

后来的一天，她终于承认那个法国人永远也不会来了。希望破灭。除了在梦中。

因为我梦见他了,我亲爱的女儿,一年又一年。"
于是,她考虑了四种办法:
要么从阁楼的气窗跳到鸡棚里自杀。
要么下定决心做未婚妈妈,那个时候都这么叫,意思就是做一个不幸的女人,带着一个被人当成杂种的不幸的孩子(罗西塔出的主意是让村里所有的人相信怀这孩子没有男人的参与,这种行为在科学论据中还被称为单性生殖,在天主教论著中被称为圣灵干预,她觉得很难说得通)。
要么她逃到城里,在随便什么地方把孩子生下来,随便找个工作,把孩子丢给随便哪个奶妈。
要么她答应结婚:同样是不幸,但没那么残忍而且可能比前面预见的不幸更能忍受。

不顾一切的求生愿望和她母亲慢慢施加的压力促使她接受了最后那个办法。
于是,有一天,在跟她的意识和心灵做了成百上千次斗争之后,她强忍住眼泪,同意了那门婚事,确切地说应该称作包办婚姻。
她同意这门婚事,也就是说,她同意要个名分,要个安心的地位和一个好名声证明,她用自己短暂的青春和爱的希望换来了那些东西。
她母亲高兴地叫了起来。多亏了万能的主的帮助(具体地说,特别受到他那些秘而不宣的阴谋诡计的支持,但对此却只字不提),她女儿将和一位绅士缔结合法的婚姻!她的女儿，谢天谢地，将要嫁入豪门，这户人家的生活排场没有人不羡慕啊！好有福气啊！可喜可贺！

跟一个丑男人，蒙特丝给她泼了一瓢冷水。

男人无需长得漂亮，母亲反驳道。

那他们需要什么？

需要是个男人，没有别的。

争论到此结束。

一想到女儿今后属于富人阶层并且结交的都是——多亏了天老爷——都是高素质的人，蒙特丝的母亲所有的心弦都因为自豪而颤动，她把这个好消息向她的左邻右舍宣布，她们全都异口同声地欢呼：

运气真好啊！

她真走运！

她可以高枕无忧了！

她今后都有保障了！

她中奖了！

蒙特丝的母亲一转身，热情就骤然降温，每个人都发表自己的看法：

那可怜的孩子有她瞧的！

跟普拉太太那个泼妇一起过，我可怜她！

还有索尔太太，像石头一样可恶！

住在那个像坟墓一样冷的屋子里，还是算了吧！

要我说，与其过富裕但不幸的生活还不如穷开心！

所有的女邻居完全同意这个看法。

不知道为什么,我母亲转述的这些看法和我今天早晨读到的贝尔纳诺斯的这个句子一起在回响,句子的大意我在这里凭借记忆写出来,大意是贪财者鄙视那些出于相信或者因为愚蠢而为他们效劳的人,因为他们真心相信自己会被那些受贿者保护,只信任那些受贿者。

但是,仔细一想,我明显地看出来,这个句子考问的是我现在的境况。而且我发现,日甚一日,发现我对我母亲和贝尔纳诺斯讲述的故事产生浓厚兴趣,主要是因为它们在我今天的生活中激荡起的回声。

我们再回过头来说蒙特丝,对她来说,剩下要做的最难的一件事情是把结婚之事告诉何塞。

而何塞从城里回来后,脑子里只有一个想法:力图阻挡迭戈的政治道路,因为迭戈把赌注完全压在斯大林身上。用自己的手段挡住他的道路。但他的手段太弱,不得不承认这一点。比较而言,迭戈的手段要比他高出一大截。在他的盟友之中,他能指靠的只有胡安。这不够。只剩下唯一的出路,干一些让迭戈扫兴的事,换种说法就是双手撑地倒立着行走,再换种说法就是拒绝按照迭戈的路线走。把他彻底打败是一个补充的选择。他不会排除这个选择。

何塞对迭戈所代表的权威、宗派、谨慎和死板怀有一种发自内心深处的蔑视,一种器质性的蔑视,一种抑制不住的蔑视,以至于一跟迭戈接触,他就忍不住言行放肆。在迭戈组织的会议上学母鸡咯哒咯哒地叫，一边唱"拉—伦—巴—拉—伦—巴—拉—伦—巴—拉—"一边竖起食指和小拇指做魔鬼角，或者像小学生那样举起手指说"在绞尽脑汁之前，提个建议，先吃点鹦鹉肉！"兴奋得像个孩子，那些村民也强烈地体验到了这种快乐。

迭戈呢，他忍受不了这种损害他的男性权威的行为，这种行为极大地伤害了他的自尊心，那种严肃的罪证确凿的指控的杀伤力都没有它大。

于是乎，十二月的悲剧事件突然发生时，谁也不觉得奇怪。

可是为了让你更好地理改（解）（我母亲对我说），你要知道迭戈和何塞之间的冲突要追溯到他们的童年时代，我会把那些事情详详细细地讲给你听。

一九二四年迭戈来到他的家（时年七岁）时，海梅老爷一定要他上村里的学校。索尔太太迷恋英国时尚，在迭戈入学的那一天，给他穿了一件英国学生穿的那种怪里怪气、色彩鲜艳的绒上衣，还以为自己做了件大好事，那件春秋季穿的海蓝色斜纹绒上衣做工一流，镀金的扣子和口袋上的徽章上饰有花环图案，花环下面躺着两只懒洋洋的狮子。

这件美得不合时宜的衣服一上来就激起了他们班上的那些男孩子的敌意，那些男孩子个个穿得邋里邋遢，衣冠不整。课间休息时，已经有孩子王模样的何塞粗暴地把迭戈赶出了弹子游戏，借口"小姐"可能会把那件狂欢节服装弄脏。

迭戈的自尊心很受伤，他一辈子都不会忘记，随着时间的推移，那更会勾起早年所遭受的伤害的回忆。

从此，他离群索居，把自己封闭在一座孤傲的塔里，拒绝参与那些侮辱过他的人组织的游戏，课间休息时与其被同学欺辱，还不如一个人待着，因为他从幼年时起，不对，不是幼年，而是小时候，从小时候起，他就学会了要让自己尽可能少受伤和少受辱。

至于何塞，他继续无情地实施他的残忍手段，把迭戈赶出弹子游戏，叫他小姑娘或者小姐或者虾子，嘲笑他那胡萝卜一样的头发，千方百计地表示对他的鄙视。尽管他没有任何仇恨迭戈的正当理由，但他就是讨厌他，不是讨厌迭戈本质上是什么人，讨厌他是因为他无意之中代表的阶层，也许那时候他本人都不知道，他属于那个傲慢的富人阶层，这些富人不愿意放弃他们一丝一毫的巨大特权，何塞只是本能地憎恨他们。

结果，两人常常为了一点鸡毛蒜皮的小事，甚至什么事都不为，冲突就爆发，互相拳打脚踢。每一次面对迭戈粗暴的动作和残暴的决定，何塞都会目瞪口呆，因为迭戈面孔苍白、屁股瘦弱，肩膀像衣帽架一样。于是，何塞渐渐地相信总有一天，如此狂暴的迭戈，如此恶毒（都不知道哪来的那么多的恶意）的迭戈，两人死死地抱住对方在操场打滚时表现出如此疯狂地想战胜别人的意志的迭戈，会以这样或那样的手段达到自己的目的。

习惯了不要任何人帮助来战胜忧伤的迭戈没跟父母亲提

过在学校里遭受的悲惨经历,也不把他所受的气表露出来。但他粗暴地拒绝把自己装扮成初领圣体者,他变得一天比一天沉默,一天比一天爱跟父母亲作对,尤其是跟那个被他在心里称作后母的人。

没有伙伴,迭戈在布尔戈斯家那所阴冷的房子里忍受孤独,陪伴他的只有一些小坦克和小铅兵,那是他父亲送给他的,就是在这种阴冷的孤独中加剧了他对家人的疏远态度,这种态度他必定会保留一辈子。

到了青春期,迭戈开始争取与一些同龄的男孩交往,奇怪的是,包括与何塞交往。因为在那个时候,所有的青少年都想跟何塞交往,所有的人都想和他一样,所有的人都想像他那样倒立行走(倒立行走,可以这么说,便是一九三六年七月他提议村民所做的事),所有的人都极力模仿他的穿衣法(不修边幅)和戴帽法(歪七八糟),所有的人都极力模仿他,反抗权威;所有的人都极力模仿他,嘲笑米盖尔神甫;所有的人都极力模仿他,对这个落后村庄,对这些落后的农民,对他那个在堕落的布尔戈斯前面吓得尿裤子的愚蠢父亲所做的辛辣嘲讽,那个布尔戈斯总是那么厚颜无耻地装出一副小贵族的气派。

迭戈寻找他的小圈子,试着用一些特殊借口去靠近,想加固他们的友谊,还以某种方式主动接近。

但他遭遇到了何塞粗鲁的毫不动摇的不妥协,何塞贫穷出身激起的自傲使他对迭戈采取的是一种充满蔑视的怜悯态度,要不就是最不公正最粗野的拒绝。

迭戈的自尊心受到深深的伤害。也许他的入党对他而言是为了向何塞证明：何塞搞错了，他不是何塞认为的那种人。

可是，战争一爆发，他的入党相反只是加重了他们间的不和。他们之间以前只是有一些敌意，说到底只是那种平常的小孩子式的敌意，很强烈但不会引发严重后果，这种敌意随着战争的爆发而变成了政治仇恨，这是所有仇恨中最凶残最疯狂的仇恨。

于是，一九三六年十一月，对于双方而言，除了想着对付另一方，就没有其他好考虑的了。

一边是何塞，他表示无比喜欢这种混乱和由此产生的脆弱，胜过布尔什维克分子建立的并且被迭戈既不反感也不反抗就接受的那种畸形可怕的秩序。他继续捍卫土地集体化的思想，继续高喊对杜鲁提的特遣队充满信心，继续怒斥斯大林，在他看来斯大林答应只要收编绝对自由主义民兵部队就给他们派发武器的承诺只是一种罪恶的讹诈。

另一边，迭戈代表的是秩序，是制度，是对正规军的支持和对苏联毫无保留的拥护。自从他主持村政府以来，他除了忙于许多重大事务，还致力于给上级机关撰写每周报告。因为他酷爱报告的撰写，他的写作热情如此高亢，以至于有时候他一天要写好几份报告。在报告中他记录村里很平静，因为本地出生的村民有与生俱来的理性，尽管一小撮众所周知的煽动者对他们进行威胁，这些记录后面还附上了大量无聊且无用的细节，包括以下信息：时间、出门、穿着、玩笑、传播的话、喝过的饮料，诸如此类。

他还同样仔细地收集传单，毫不犹豫地大肆攻击那些受敌人豢养的策划阴谋者，他还细心地组织所谓的扫盲活动，这些活动主要是把村民召集到村政府的一间会议厅，首先向他们吹嘘共产党民兵组织是精诚团结和纪律严明的典范，其次提醒他们注意那些制造混乱者强加在他们头上的危险，你肯定明白我说的是什么意思。

没有必要明说，到场的农民通常都是那种谨言慎行的，通常都是胆小怕事的，通常都是拍别人马屁的，鼓起掌来觉得有些不自在的。在和平年代被遮掩了的胆怯和服从在战争年代变得更加明显，我母亲像个哲人一样如此点评。该看看我到法国游历的前几年人们是如何热烈欢呼那个婊子元帅①的，对不起，我开个玩笑（暗指一九三九——一九四〇年的漫游经历，其间我母亲和露妮塔从集中营漫游到精神病院，大大丰富了她们俩的地理知识，我母亲异乎寻常地依然保留着对那段游历的记忆）。

为了巩固自己的权力，迭戈孜孜不倦地用庄严的声音说着"祖国"和"人民"一类的字眼，动不动就责骂村政府的女秘书卡门，神气活现地为村里的食堂剪彩，像警探一样仔细地检查罗西塔为做儿童餐削下来的土豆皮的厚度，给四个迫不及待地想接受父亲之外的人支配、开始为他打下手的年轻人下达不容置辩的指示，命令他们做类似于清点福儿咖啡

---

① le maréchal Putain（婊子元帅）与 le maréchal Pétain（贝当元帅）谐音。

馆里的客人人数一类的无聊事,宣布废除村里的宗教节庆(他那个已经被搞得晕头转向的姑妈对此非常恼火),把帝王节换成儿童节,召见这个那个以确切了解他们的日程安排并且检查核实他们是不是自己人,习惯把一支闪闪发亮的红宝石牌手枪放在办公桌上的显眼位置,这枪让人不敢过多跟他说话。

迭戈掌权以来,心里好像被什么无情、冷漠、充满敌意的东西给占据了,这种东西终于在村民中激起了某种形式的畏惧。

何塞是唯一一个不害怕他的军人作风的人,既不害怕他所展示的那把手枪,也不害怕他那双超级锃亮的皮靴、他那张说话像连发炮弹一样的嘴巴。何塞去村政府给姐姐弗朗西斯卡打电话,到政府打探消息而不是过来接受命令,是唯一一个因为态度与众不同而给对方留下深刻印象的人。因为,我亲爱的女儿,我哥哥不是一个……懦夫,我说道,你说的这些话令人难以置信,都把我逗笑了,我母亲对我说道。

迭戈冷冰冰地接待他,那是一种算计好了的冷淡,或者不如说带着一种他可能觉得恰如其分的、当权者特有的那种冷冷的得意,他说话言简意赅,他以为当权者就是这样说话,他炫耀自己的优点因为他觉得这些优点是当权者必然拥有的优点:性急、干练和暴躁脾气。

他坐在前任村长的办公室里,他让人在那里挂了巨幅斯大林肖像,尽管他竭力让自己的外表看上去令人生畏,他拿起电话听筒时却好像，好像感受到了某种快感（何塞说是官僚主义的性高潮，我母亲对我说道），因为镇政府是村里唯一能连上电话交换局的地方，电话的使用是无可辩驳的权力的标志。

就在这个时候（当时是一九三六年十月，和蒙特丝的婚事还没提到议事日程上来），他和何塞的暴力冲突到了一触即发的程度，有些村民就说，他们俩这么闹下去会闹出大事的。

十一月份的一天上午，蒙特丝和他两个人都在厨房里吃午餐西红柿和烤甜椒的时候，蒙特丝决定告诉何塞她要结婚了。

何塞。

什么？

我要跟你说个事。

有事就说啊，你这是怎么了？

我说这个事会让你生气的。

我就喜欢生气。

我要嫁给迭戈。

那真是太好了！何塞惊叫道，简直不相信自己的耳朵。

说完，他大笑起来：我知道你个淘气鬼你在跟我开玩笑。

但是，看着妹妹那张严肃的脸，何塞的脸突然阴沉下来。

不要跟我说这是真的。

但蒙特丝神情尴尬。

这也太可怕了,他开始嚎叫,你要给那个红毛陪葬吗?和那个王八蛋?

他面色惨白。

那个该死的斯大林分子?

就是他,蒙特丝微笑着说道,她想缓和一下气氛,淡淡的微笑让她的嘴角抽搐了一下,但也让她哥哥愤怒到了极点。

那坨臭狗屎,他咆哮道,那个叛徒,那个婊子养的,那个丑八怪。

他怒不可遏,他的双手在颤抖,脖子上青筋暴露,脸涨得通红。

那个混蛋只想要你的屁股,他嚎叫道,他是个下流胚。他老奸巨猾,他嚎叫道(他在气头上丢出的这句不公道的话可能永远留在蒙特丝的心里)。

我求你不要把一切搞砸了,母亲说道。

谁把一切都搞砸了?他大喊大叫,是我,还是你们那些使人受不了的阴谋?

迭戈是个正经的小伙子,母亲弱弱地为他辩护,希望能平息儿子的怒气。他本质善良。

何塞听了大发雷霆。

那个婊子养的代表的是我在这个世界上最讨厌的东西,他嚎叫道,凡是美的东西他都会把它弄死,革命被他弄死了,我的妹妹也会被他害死,会被他害死,被他害死。

母亲脸色苍白,她用不容置疑的命令语气说道,你妹妹必须结婚,就这么回事,不要再说了。

我表示最诚挚的哀悼!他一边欢呼一边发出可怕的笑声。

蒙特丝听到这些话,眼泪夺眶而出,试图逃走。

何塞猛然扯住她的袖子。

你哭,是因为要把自己像个妓女一样卖给出价最高的人吗?他问道。你是对的:是很下贱。

不要这样跟你妹妹说话!母亲命令道,她已经惊呆了。

您这个老鸨,做淫媒牟利,不讲道德!他嚎叫道。

母亲跑出了厨房。

蒙特丝跑上楼躲进了阁楼,她扑倒在床上,抽抽搭搭地哭了起来。

何塞一个人待在那里,发泄自己的怒气。他在那里自说自话,像个疯子一样。他说,他恶心婚姻,这种合法的嫖娼行为,他恶心婚姻,它让随便哪个混蛋花点钱就能把随便哪个女孩弄到手并把她变成他个人专享的妓女,它让人类中最下作的下流胚合法地得到一个女仆,一个自愿服务不计报酬的女仆,甚至还提供终身保障。你帮老板做事听命于老板至少你还有酬劳,他妈的,我都要被这个事气疯了,我都要气疯了。他还自言自语了好一阵子,一边在被他母亲滥称为客厅的那个房间里来回踱步,对那张不该挡了他的路的椅子狠狠地踹了一脚,一声我要在上帝头上拉屎的大吼震得四面墙壁都在颤动。他急匆匆地冲下楼梯,嘴里不知道咕哝着什么,上了公墓大街,气喘吁吁地一头闯进他的好朋友、正在看报纸的胡安的家里,指责胡安还在那里埋头看报纸,指责他的弟弟恩里克"你看着我干嘛",然后指责她的老鸨母亲（没在那里对他的话做出回应），然后指责佛朗哥，然后是莫拉①，然后是桑胡尔霍②，然后是米兰·阿斯特雷，然后是凯波·德·拉诺③，然后是曼努埃尔·法尔·孔德④，然后是胡安·马驰，然后是希特勒，然后是墨索里尼，然后是莱昂·布鲁姆，然后是张伯伦，然后是整个欧洲，然后是迭戈那个彻头彻尾的混账东西，那个全名叫迭戈·布尔戈斯·奥夫雷贡的混账东西。

拜托，胡安，在我杀死那个下流胚之前，给我倒杯啤酒。

在马略卡岛的帕尔马，再也没有什么事能激起反感、引发反抗。

面对不计其数的谋杀，面对可怕的野蛮行为，面对那些对被处死者家人的纠缠不休，面对禁止被枪决者的妻子戴孝，马略卡岛上的民众好像已经麻木了。

贝尔纳诺斯写道，可能需要大量的篇幅才能让人理解为什么这些事长此以往不被任何人怀疑，再也激不起任何反应。

---

① 埃米里奥·莫拉（1887—1937），西班牙军事领袖，西班牙内战前期领导国民军对抗共和军，是1937年7月17日政变的主要煽动者。
② 何塞·桑胡尔霍（1872—1936），西班牙军事领袖，曾在1932年企图发动军事政变推翻第二共和国，失败入狱，1933年获特赦，一九三六年组织右翼军事将领和他所领导的西班牙军事同盟企图推翻共和国政府，引发西班牙内战。
③ 凯波·德·拉诺（1875—1951），西班牙将军，开始时支持共和国，后倒向民族主义分子阵营。
④ 曼努埃尔·法尔·孔德（1894—1975），西班牙天主教活动家和卡洛斯派领袖。

"理智和名誉使他们不承认这些事；感觉已经麻木，被吓懵了。一种同样的听天由命在同样的迟钝中让受害者和刽子手达成了和解。"

贝尔纳诺斯颓然地发现，当恐怖在统治，当说话受到恫吓，当情绪受到监控，就会出现一种平静而又压抑的凝滞状态，那些主宰者就会额手称庆。

十一月十日，蒙特丝的父母亲和迭戈的父母亲见了一次面。见面是为了确定婚礼的日期，确定嫁妆和聘礼（我母亲：我的嫁妆少得可怜），还有夫妻联姻的契约（父亲打了一个叉算是签名）。

蒙特丝那一天像是在遭受酷刑。并不是因为自己最终把命运像别人以为的那样押到了一个人身上，觉得前景黯淡，而是看到自己的父母亲在布尔戈斯家富丽堂皇的客厅里如此僵硬如此畏缩如此局促。

她的父亲把贝雷帽放在膝盖上，露出白皙的前额，前额上有一条清晰的线把白皙的前额和晒黑的面孔分隔开来。他坐在椅子上一副懊丧的神情，像个木头似的，两只锃亮的大皮鞋紧靠在一起，目光游移不定，像被解除了武装，一条挨打的狗，尽管索尔太太反复讲"您不要拘束，我们之间不必客气"。至于她母亲，瘦瘦的，低垂着眼睛，两只红彤彤的手打结似的放在黑裙子凹陷处，她试图逃走，而且差点就成了。

蒙特丝默默地看着她的父母，陷入了沉思，沉得令人心碎。她看着他们就好像是第一次见他们。她在心里对自己说

"他们是多么的朴实啊!"他们的面孔,他们的手,尤其是他们的手,她母亲那双被洗涤液和消毒水损坏的红彤彤的手,她父亲那双指甲像泥巴一样黑的结满老茧的手。他们俩被损坏的手,他们俩笨拙的手势,他们俩一边道歉一边说话的方式,他们那收紧的微笑,他们过度的尊重和他们没完没了的谢谢,他们身上的一切都反映了地位的低下和原封不动地传承了几个世纪的贫穷。

她突然想到自己跟他们并没有什么两样。她突然想到将来她再怎么化妆,再怎么穿上华贵的裙子,再怎么珠光宝气,再怎么学权贵的手势用手背像赶苍蝇走一样打发女仆都是徒劳,这种卑微的神情将陪伴她一生一世,它已经变成了一种内在的神情,一种不可控制的神情,一种去不掉的神情,一种允许所有的人愚弄你羞辱你的神情,一种从世世代代的贫苦农民身上继承的神情,那种痕迹已经印在了脸上和肌肉里。同意不要荣耀,同意放弃威望,同意无声的反抗,还有坚信自己是地球上最微不足道的东西。

同时,她还想,往后她可能没有勇气看见她的父母亲在她的公公婆婆面前畏畏缩缩、无地自容,另外,她还会尽量避免他们出席那些试图将两个门不当户不对的家庭拼凑到一起的复活节和圣诞节聚会。

婚礼的两天前,确切地说是在一九三六年十一月二十一日,蒙特丝把婚纱(点缀着红花的白色婚纱,我还保留着)的最后几针缝上时,何塞冲进厨房,一脸的憔悴。

他们暗杀了杜鲁提!

杜鲁提是他的偶像,他的梦中情人,他的文学,他的崇拜的需要,不屈不挠的杜鲁提,纯粹完美的杜鲁提,带领大家前进的杜鲁提,他宽宏大量,他打劫银行,劫持法官,夺取满载西班牙银行黄金的车皮以支援萨拉戈萨的罢工工人。杜鲁提经常被关进牢房,三次被判处死刑,被六个国家驱逐过,现在他的死上升到了传奇的高度。

当何塞傻乎乎地重复说"他们把他暗杀了"的时候,仿佛他的心马上就接纳了的这个消息,却被他的大脑拒绝承认一样。蒙特丝情不自禁地想自己花了那么多心思祈祷在结婚之前有点什么大事突然发生,有点什么能让大家转移注意力的事,有一场灾难,有一场跟七月革命一样闻所未闻的大地震,把她从婚约中解救出来,改变她的命运之路。我寻思,她情不自禁地想尽管事情十分荒唐,她还是觉得杜鲁提之死她要承担部分罪责。

何塞强忍着不让眼泪流出,随后,他实在忍不住了,他嚎啕大哭起来,就像个孩子。

蒙特丝已经不记得什么时候见过哥哥哭,也被他的悲伤感染了。就好像要彻底清除自己的悲伤,要躲过它,要清空它,要把它钉在身外的某个地方一样,何塞突然含着眼泪气势汹汹地冲她嚷:

你呢,就不要指望我了!我不会去参加你那演戏一样骗人的婚礼的!我绝不会和杀害杜鲁提的帮凶沆瀣一气!

听何塞这么说,她变得更加伤心了。

就在得知杜鲁提被暗杀的消息的同一天，大惊失色的何塞冲进村政府，他把杜鲁提的被害归咎到共产党头上。

自从见了蒙特丝，并且和她的婚约被公开之后（消息传得跟闪电一样快），迭戈对长舌妇就显得更加宽宏大量。那些长舌妇都说这种心情变化得益于爱情，众所周知爱情有一种能软化人心的效果。

她们说，迭戈对每一个人都更加宽宏大量，甚至当着众人的面叫他的继母索尔太太（她都不敢相信自己的耳朵）：妈妈。至于即将做他的大舅子的那个人，迭戈答应过蒙特丝（她母亲精心密谋的第二次见面的时候）要修正对他的一些想法，原谅他对自己的自尊心所造成的伤害（迭戈本人也有责任），答应接待他的时候即使不是特别热情，至少态度上不那么不友好。

因此，在一九三六年十一月二十一日那天，当何塞气得脸色发白，跑进村政府，当着迭戈四个手下的面，指控他是杀害杜鲁提的凶手的卑鄙的同谋时，迭戈显出一副很无聊的神情，没像大家纷纷期待的那样对他做出反驳。

婚礼在第二天举行。何塞没出现。而且我要说的是，没有婚嫁。反正，没有新娘花冠，没有新娘面纱，没有新娘花束，没有迎亲队伍，没有新娘钟形罩①，没有装扮成新娘的小

---

① 一种用来收藏新娘结婚日所戴之花的钟形罩子。

花童。这个结婚仪式只是名义上的,事先没有安排传统的订婚仪式,后面好像也不会有传统的蜜月,只是一个仪式,把两个从未正儿八经地说过话,更没有像那时的人们所说的那样献过殷勤的人结合在一起,两个人互相发誓要终身保守一个秘密(迭戈让蒙特丝发誓不向世界上的任何人说他不是孩子的父亲,蒙特丝以她母亲的脑袋发誓,一边提醒他说无论是谁只要会掰手指头数数都会发现他们俩在撒谎),这个仪式的程序是迭戈的一个副手仅用了几分钟就匆匆完成的,副手向他们宣布两人结为夫妻直到死亡把他们分开(添加的内容中引入了"死亡"是为了抵消庆祝仪式的简略)。

尽管索尔太太和普拉太太都在相劝,迭戈还是拒绝穿西服。他穿了一件黑布制服,让他的红棕头发显得尤为突出,仿佛燃烧的火焰。这一天,蒙特丝发现他的耳孔堵着一簇红棕色的汗毛。

蒙特丝的父亲穿着那套黑色西服,这套衣服他第一次穿还是在他大姨子八年前下葬的时候,现在散发出一股淡淡的樟脑丸的气味。蒙特丝的舅舅,就是所有的人都叫他佩普叔叔的那个,穿的是同样的款式。蒙特丝的母亲一直渴望女儿的婚礼声势浩大排场豪华,此刻难掩心中的失望,她穿的是大喜日子穿的那件镶着白色皱边的黑色塔夫绸连衣裙。普拉太太脸上蒙了一块头纱(绝妙的首创,我母亲说)。而索尔太太和海梅老爷,他们像往常一样穿得十分雅致。

蒙特丝整个仪式期间一直恭恭顺顺,就好像她身体的一部分缺席了一样,就好像她身体的一部分已经被麻醉了一样,或者不如说就像是她身体的一部分能感觉到事情的全部细节但那些细节并没有因此追上她。蒙特丝记得在交换戒指的时候,索尔太太身体出现不适,大家不得不让她坐在一张长椅上,掀开她的面纱,轻拍她的脸,她的脸色苍白,像是一种克制住了的严厉谴责给憋出来的。蒙特丝还记得自己就在说"我愿意"的那一瞬间,脑海里闪过一个疯狂的念头:要是那个法国人有一天找到了她的行踪,跑来找她,她是不是要提出离婚跟他走。她为自己有这种想法感到羞愧。

婚礼在布尔戈斯家的饭厅举行。

海梅老爷从一开始就没流露他对这桩婚事的任何想法,既没有发出任何异议也没有表示任何怀疑(跟索尔太太就是不一样,索尔太太在得知消息的时候发了歇斯底里),海梅老爷已经对人的古怪行为见怪不怪,尤其是他儿子的古怪行为,他好像接受了这桩门不当户不对的婚姻,只当是怪事又多了一桩,海梅老爷叫人打开香槟,和气地向新郎新娘举杯。

宾客们(连证婚人在内十人)鼓掌然后转向蒙特丝的父亲,等着他做同样的事。但这位父亲固执地一言不发,眼睛低垂着,一双大手拧着放在餐桌上,一阵突如其来的胆怯使得他没能把早上就准备好了的笑话说出口,但索尔太太就坐在他旁边,穿着黑色罗缎长裙无比端庄,让他把到了嘴边的笑话给咽了回去。

在整个婚宴期间,蒙特丝的父亲都没能对那个被安排坐在他右边的一脸严肃冷若冰霜的普拉太太表现出哪怕一丁点的殷勤,也许是这种不善言辞带给他的拘谨使他拼命地喝酒,根本就不理会他妻子叫他不要嗜酒也不要用袖子擦嘴巴的叮嘱。

于是在吃餐后点心,当他起身准备当着因为羞愧僵在那里的蒙特丝的面唱一首放荡的歌曲《看我那小玩意儿是怎么动的》的时候,才唱了几个字就卡壳了,然后重重地倒在椅子上。索尔太太投给他的一个冷冰冰的微笑,把他给镇住了,她的这种微笑连最能言善辩的政治演说家都能被镇住。

当他试图恢复常态时,蒙特丝的母亲跑过去救火,帮他找了个借口,大声说"他这是太激动了!"她觉得自己为丈夫的失态找到了一个说得过去的辩词,丈夫很有可能被这些"好人"视作粗人,她反复强调:"他这是太激动了!"

而蒙特丝看来,这个吃人妖魔、暴君、粗鲁暴躁的父亲和最可怕的人,这个用恫吓的手指指着大门要胆敢跟他意见不一致的何塞滚出去的男子,这个曾在家里吼过几百次说他永远也不会在海梅老爷面前卑躬屈膝一旦有机会就会直言不讳地训他一顿的男子,她已经在这个男子面前胆战心惊惶惶不安地生活了不止十五年,这一天看到的却是一个惊慌失措、温温顺顺、结结巴巴、畏畏缩缩、眼睛紧盯着盘子的惊恐万状的父亲。

此外,所有到场的客人都担心政治问题会被这个或者那个客人提起,以及这个或那个组织的作战方式,大家心里都明白,稍不留神就可能严重搅乱婚宴的良好氛围。

实际上同一张桌子上的全部或者几乎全部的客人代表的

是当时西班牙不同的党派，每个人在谈到自己事业的正当性时都是紧绷着脸的，每个人都富有最崇高的感情，每个人都凭经验从自己的利益出发相信自己的立场是唯一正确的，每个人都在极力动摇或者毁掉别人的威信。于是，在场的有：本地的主人海梅老爷，别人怀疑他和民族主义分子串通一气，他的妹妹普拉太太私下里只认佛朗哥和长枪党，新娘的父亲加入了小地主组成的社会主义工会，新郎最近改信了共产主义思想，还有蒙特丝就像别人喜欢一首歌或者一张面孔一样，出于对诗歌的无限的渴望，钟情于她哥哥热爱的那种绝对自由主义思想。

几大政治派别之间的不和是导致灾难性后果的部分原因，一场小小的婚宴便能看到它们的缩影。

蒙特丝在布尔戈斯家那幢凄清阴冷的大宅里度过的最初几个月是她人生中度过的最难耐的岁月。

我感觉自己就像是那个路易十五风格的客厅里新添置的一件家具，一张跛脚的椅子，我母亲说道，要是我当时能找个老鼠洞钻进去，我一定会钻的。你知道，这是显而易见的，我躲进卫生间里才觉得安然。

蒙特丝感觉她要发作了，感觉她要爆炸了，反正两种感觉兼而有之吧。她因此感到非常难受。

没有经过任何过渡，就从穷苦农民的那种朴素转至资产阶级的生活方式之中，而她对这种生活方式一无所知，她觉得最好是把一切无意识的动作都抑制住，免得暴露自己的粗俗,强迫自己少吃东西,以为这样才显得高贵:来一份蛋糕吗?劳驾,来一点点。她竭力绕着弯子说话,天真地以为不把一只猫叫成一只猫是一种雅趣,担心自己吃饭、走动、发笑和说话的方式粗俗笨拙不雅,担心所有的事情都会出卖你以前的印记,这种印记比你的全部履历还要确凿无疑。蒙特丝再也不是从前的那个蒙特丝了。

她总在窥视布尔戈斯一家人的反应,他们对她过于讲究客套,这个在她意料之外,她总害怕给这个家里的成员"添麻烦",每个家庭成员的角色都好像是按数学一样精确地分配好了的,她害怕做蠢事并弄错他们各自的职限和岗位。

至于她本人,她一丝不苟地坚守她自己的那个岗位或者她觉得那就是她的岗位,做一些她觉得是别人期待她做的适可而止的事情,适可而止地做一些家务(因为革命已经废除了女仆,用更合算的配偶取而代之),适可而止地扫扫地,适可而止地捡捡桌子,适可而止地整整餐具。一想到不同的餐具没按指定位置摆放她就惶惶不安,摆错了一个就有可能改变它与其他餐具的关系进而扰乱了屋子的整个灵魂。普拉太太建立的家务秩序没有其他目的,只是为了忠实体现它的灵魂和它的完美效果。

蒙特丝在之前的几个月里设计逃离计划或者打算纵身跳入空中时积攒起来的全部勇气一下子耗尽了。

她很快就没有力气了。一块抹布。一个拖把。

一九三六年十二月,贝尔纳诺斯获悉以下情况,他把这件事写进了《月光下的大公墓》。马略卡岛一个小城市的共和党市长在他家附近的一个蓄水池里给自己弄了一个藏身窝,一有风吹草动他就去那里躲起来,担心遭到报复。一天,清洗队接到一个最爱国的人的举报,把吓得魂不附体的市长从那个藏身窝里拖了出来,然后把他押往公墓,朝他的腹部开了一枪。由于这家伙老半天都不肯死,那几个醉醺醺的刽子手拿了一瓶烧酒过来,把瓶颈塞进他的嘴巴,然后把那个空瓶子砸在他的头上。

我的心都碎了,贝尔纳诺斯不久之后坦言。就是这些让我心碎。

怎么熬下去呀?怎么生活呀?蒙特丝在布尔戈斯家那幢冷森森的大房子里问自己。

第一次和海梅老爷接触的情景一直铭记在心,一直挥之不去(还有他那短短的一句话),最起码可以说那一次的接触不怎么有趣。

至于海梅老爷,他现在跟她说话用的是一种彬彬有礼非常尊重的语气,回答她的三言两语时非常审慎,在他和她之间保持着一段他和其他人、和他本人保持着的同样的一段距离。(过了蛮久她才明白海梅老爷生性中固有的敏感妨碍他表达对她的好感,这种敏感不让他在亲人面前表现他身上的那些美好的感情以及可爱的品德)。

在他面前,她就是个白痴。

这个男人给她留下了深刻印象。就像他给村里所有的人留下深刻印象一样。

村里人觉得他独特、离奇、古怪，但这些特质实际上他们挺喜欢的。

他们用一种愉快宽容的态度来接纳他身上那些被他们称为贵族们心血来潮的东西：他那些老爷服饰（因为他不迎合风靡一时的"工人"时尚），他的皮手套，他的黑毡帽，黑毡帽上的柔软羊皮上还留有他姓名的起首字母 JBO，他对书籍的不可思议的热爱（据说他有七千多册藏书！这么多书他的脑袋瓜怎么装得进去啊！），还有他的渊博知识（据说他懂三门语言，再加上加泰罗尼亚语的话有四种！还听说他知道十几颗行星的名字，知道鹰嘴豆的拉丁语怎么说，告诉你们这些无知的人吧，鹰嘴豆的拉丁语叫 *Cicer arietinum*）。

他品行端正，自然大方，品位高雅，没有外表看上去那么富有，他对所有的人包括他妻子在内有些过于讲究客套的礼貌，对那些让他姐姐普拉太太狂热不已的宗教方面的事漫不经心，心情总是平和或者不如说倾向于愉快，除了跟儿子相关的事，儿子总逼着他把带刺的铁丝拧弯（我母亲说的）。他对所有的村民都很和气，一有机会就跟他们开玩笑，询问橄榄和榛子的产量，跟每个人说的都是鼓励的话，知道所有为他做事的农民的孩子的姓名和年纪。这些农民都说海梅老爷就是受过教育的人，但他并不自以为是，他很谦虚。

自战争爆发起，他对他姐姐普拉太太采取的是那种耐心宽容的态度，就像人们对待青少年、试着原谅他们的胡闹行为一样。可是，有时，当他有心情开玩笑时，他会用嘲弄的语气对姐姐说,要是革命党听见你这么说,就算不强奸你,他们也会踢你的屁股。

于是,普拉太太憋着一肚子气,但她一句话也不说,转身就走,整个背脊都因为忍气吞声气得发抖,要么,她只是轻蔑地耸耸肩膀,因为她当天早上在报纸上读到了那条消息:一艘插着卐字旗的纽伦堡号装甲舰刚刚开进帕尔马港,反正是个好消息,让她精神大振。

至于跟土地经营相关的那些事情,海梅老爷盲目地相信他的总管里卡多,迭戈却管这个总管叫奴才。这个面孔瘦削眼睛闪烁的年轻人才十几岁的时候就被他雇用了,对他既忠诚又恭敬(奴颜婢膝到了极点,迭戈曾经这么说)。里卡多负责管理他的田地,把那些田地当自己的田地一样爱惜而且充满自豪,总是毫无怨言地服从主人的一切要求,主人对他的尊重让他内心深处很是得意。此外,这个年轻人对普拉太太也一样的忠心耿耿,为了让她在礼拜天的弥撒仪式期间感到舒服一些,他总会带着一张白色的小木凳给她搭脚,这种差使从词源意义上讲是一种使人丢脸的差使(我想说他的这种忠诚已经卑躬屈膝到了腐殖土、屈到了地面),他做这种事让何塞和胡安鄙夷到了极点,他们给他取了个比较平常的雅号,叫他"哈巴狗"。

海梅老爷是个知识分子,我母亲对我说。

他经常把自己关在书房里几个小时都不出来,蒙特丝从未见过周围有人像他那样纯粹为了享受乐趣而埋头看书,在她看来,这个爱好给他罩上了一圈谜样的光环,让她不知所措。

他说的是一种非常卡斯蒂利亚的卡斯蒂利亚语,也就是说极度的纯正,尽管他时不时地加上一句非常悦耳动听的粗话。而蒙特丝从他那自然风趣才华横溢的话语中发现了一种跟屋里的物品同样华贵的东西,给她留下的印象极其深刻,那是他精神高贵的无可辩驳的证明啊。

于是,为了努力达到他那种高度,就算达不到那种高度至少也要到一个勤奋好学的学生的水平(屁放得比我的屁眼还要高①,我母亲如此概括,她是不会错过如此绝妙的大声说粗话的机会的),她开始用那种像是穿了节日华丽服装的句子跟他说话,所有的话都很浮夸都很娇媚,而且用的是她的小学老师玛利亚·卡门修女常用的那种矫揉造作的语气。这位修女把上厕所说成上小号,把死说成升天,把闭嘴说成顺着天主之路往前走,还有许多诸如此类的天主教方面的巧妙委婉的说法。

普拉太太在场的时候,蒙特丝觉得更不自在,每次她对礼仪的理解出现错误,被普拉太太当场抓住的时候,普拉太太嘴角都会挤出一丝痛苦的微笑,因为蒙特丝总出错。我母亲记得有一天她用一张《西班牙行动报》包一双旧皮鞋(我母亲说:一份擦屁股的报纸),觉得这报纸神圣不可侵犯的普拉太太是这样跟她弟弟评价这件事的:可怜的孩子,她不知

---

① 在法语中有好高骛远、志大才疏之意。

道什么东西有价值什么东西没价值！可是要怪就怪她有个那样的娘家！

尽管普拉太太跟她说话总是用一种基督徒的甜美温柔的语气，但是却比所有的暴力更残暴：我的孩子，你这是在自己家里呀。蒙特丝那边却基本上感觉不到是在自己家里，所以她经常萌发去别的地方看看的想法，看看别处是不是更像是自己的家。别处，可别处在哪里呢？这里冷森森的。别处是难以想象的。我的双脚已经踩进了淬火水中，我母亲对我说。踩进了淬火水？我问道。踩进了淬火水，我母亲回答说。

普拉太太还是有些可取之处的：她把这个可怜粗野身无分文的小姑娘迎进家门，一个吃抹了大蒜的面包的小姑娘，一个用完刀还要用舌头去舔的小姑娘，甚至连桥牌都不会打，除了砸榛子挤羊奶之外啥也不会做，她的哥哥还自称是现代的反基督者，后面还追随着一帮穿圆领背心的庄稼汉，可怜的西班牙啊！

尽管犯有偏头疼，她还是会抽出时间来跟蒙特丝聊天。当然说的都是些鸡毛蒜皮的小事，因为小姑娘谈不出任何话题。但普拉太太从不吝啬那些充满仁爱的话语。她出于对基督的爱，已经准备好，愿意做出一切牺牲。一想到把这个可怜的村姑和她的侄儿结合在一起的非宗教婚姻并不算数，她只需忍到他们俩离婚的那一天，而且离婚的事毋庸置疑很快就会发生，这个想法还是让她感到了极大的鼓舞。

然后，渐渐地，我不知道一颗浪漫灵魂怎么会如此神秘，普拉太太对迭戈和这个可怜女孩之间违反自然的私情产生了浓厚兴趣，她觉得从两人的私情中看到了《美人和冒险家》中的那种感情波折。在这本小说中，爱情无视社会障碍，一部名副其实的小说，消遣的，生动有趣的，还额外具有教育意义，读得她热泪盈眶，因为它善于发现她心中的那些灌木丛生的道路，她每晚睡觉前都会读一点，与《福音书》和《西班牙行动报》轮换着读。

从此，她给自己明确了一个任务，她要对这个没有受过启蒙教育有些土里土气的正派女孩做一些好事：教她一些礼仪，就算不是公主王妃要懂的那种但起码是得体的，教她一些良好教育的入门知识，让她接受教育，就算达不到她丈夫的高度，但起码也只比他矮两个层次。

但这个往后会让她分出一部分心思的崇高使命并没有因此消除她那多得数也数不清的病痛，这些病痛让她枯槁的身体饱受摧残。当蒙特丝用对自己尊重但并无真正好感的人的那种语气询问她当天的病情时，痛苦的普拉太太显出一副有气无力欲言又止的神情，用极其温柔的语气回答说"我更乐意什么也不说"，一边说一边在额头上敷了一块浸了醋的手绢，以减轻那个都要把她的小脑捣碎的偏头疼。

就这样，她一边让人听见她的病痛多么剧烈，一边又让人明白她一点也不想麻烦身边人。可是，为了不让任何人忘记她在默默地承受痛苦，她每隔一段时间都会有规律地叹口气，仿佛发自她心底的最深处，一边不加掩饰地打开一瓶滋补糖浆（她有一堆这样的糖浆），她喝下一汤勺时会做出一个恶心的鬼脸。

这时,蒙特丝觉得采取必要的同情态度是合适的,一边同情,一边无声地吼着"闭嘴,闭嘴,否则我把你剁成肉酱!"

你能帮我一个忙吗?我母亲突然问我。帮我把冰箱上的那瓶止咳糖浆给处理掉。它让我非常倒霉地想起普拉太太。

蒙特丝在布尔戈斯家里开始生活时,开头的时候都去索尔太太那里寻找一些安慰,她很高兴找到了一个意料之外的同盟,索尔太太很快就开始疼爱她,仿佛蒙特丝就是她期待已久的那个孩子。

因为索尔太太曾经疯狂地期待过一个孩子的到来,一块从她自己的身上掉下来的肉,就像从前的人们都说的那样。

她向圣母玛利亚祈祷。她烧了数十根蜡烛。她喝过八种药茶。她遵循过一种以兔肉为食材的饮食方法。她的脖子上戴过一串天主教徒戴的圣念珠。她咨询过城里的医生和村里的接生婆。但她所做的一切都毫无结果。你是无法想象的,我母亲对我说,从前一个女人要是怀不上孩子会有多么丢脸和难过。

索尔太太曾想,迭戈的到来会稍微掩盖一下她那可怕的缺陷,这种缺陷"把他们夫妻婚床上最宝贵的果实给剥夺了"。但是从某种意义上说,迭戈来了,她的缺陷显得尤为恐怖。

所以,当蒙特丝进了这个家后,年轻、美貌、如阳光一样清新的蒙特丝一来，被剥夺了母爱的索尔太太觉得那是她朝思暮想的女儿从天而降，所以接下来就把自己那满满的爱意全都倾注到了她的身上。

更准确地说，她用爱意把蒙特丝给淹没了。

她没有一天不在以这种或者那种方式向蒙特丝表示她的爱，给她做酥饼，那是蒙特丝爱吃的糕点，给她弄一杯浓得都可以把勺子竖在里面的巧克力做下午茶，用渴望的眼神祈求蒙特丝陪在她身边，一听见蒙特丝在厨房里忙活就赶紧冲进去，用一些无聊的问题把她留在客厅，怪她想要什么东西又不直说然后迫不及待大量地满足她。在那个本该省吃俭用的时期却过度地溺爱她，送她最新款式的高跟鞋、钻石项链和所有女人使用的廉价装饰品——蒙特丝把它们扔进壁橱的最里面，再也没有拿出来过。还密切关注她的情绪变化，求她说好听的话，抱怨她的矜持，因为她从中好像看到了一种拒绝……索尔太太陶醉在放纵的母爱中，这种感情她必定痛苦地压抑了二十年，现如今才得以汹涌迸发。

蒙特丝开始时高兴了一阵子，最后被弄得要窒息了。这些爱抚，这些像风暴一样的奉献，所有这些迫不及待地赠送给她的礼物，那么多对爱的渴求，那么多无声的恳求，都没给她带来一丝一毫的快乐。更糟糕的是，那些东西让她感到恐惧。在收那些她并不想要的礼物时，她强迫自己匆匆做出一个巧妙的微笑一边说：谢谢，您真是太好了，但是她很难装出那种快乐的表情，因为她并没有感受到快乐。

我敢说，我并没有真骗她，我母亲对我说道。我没能向她保证她给的礼物是世界上最好的，没能像孩子感到伤心没找到宣泄口时对母亲说话那样，说出那种不可思议的话语。

蒙特丝试图在内心深处挖掘出一些对这个女人的同情和宽容，她觉得这个女人脆弱、失落、心碎甚至有可能绝望。可是，那个时候，我的心硬得就像普拉太太的阴部，对不起开个玩笑，我母亲这么说。

有时候，烦了的话，她也会装腔作势。

另外一些时候，实在忍受不了，她会粗暴地把她赶走。

有一天，索尔太太见她闷闷不乐，兴冲冲地跑过去想安慰她，说她都快要做母亲了，做母亲的幸福难以描述而且不计其数，蒙特丝冷冰冰地回答说：鬣狗也会生小鬣狗，不会就这个事小题大做。索尔太太听了之后嚎啕大哭。我母亲记得非常清楚，她突然感觉到自己对那个为了得到一丁点爱而从她的忧伤中渔利的女人特残忍，是，还是不是！不！不是！

拒绝让一个跟自己不相关的故事把自己吞噬，没办法在这个激起她无法遏制的厌恶的女人面前装出那种假惺惺的柔情，但她还是小心翼翼地不去触犯她，这要求她拿出巧妙剂量的亲切，还要巧妙地保持恰到好处的距离。

可是，有时，她心里谋求的妥协除了撒谎之外，找不到别的出路。于是，她要见机行事，假托一些合适的理由：看上去心急火燎的样子要去找罗西塔，或者急着赶去照顾身体不适的母亲。说完，她撒腿就跑，在乡村里奔跑，仿佛有人在追她，实际上追她的是她的负罪感，她的自责，她那种作茧自缚的感觉，还有那个对她说这不是人过的日子，这不是人过的日子，这不是人过的日子的人。

另外一些时候，她借口突然头疼说句"我很抱歉"来逃避喝完咖啡后的那种说是可以让下午变得充实的闲聊，说完她躲回他们夫妇的婚房：那房间已经变成了她的减压舱。然后，她躺在那张桃花心木做的宽大的婚床上，一连好几个小时沉浸在自己的思绪中，如果那些像穿堂风一样从你的脑海中穿过的朦胧想法、那些飞逝的画面、那些散乱的片段、那些不留下任何痕迹的碎片算得上是思绪的话。

无聊得无法用语言描述，她看着紫色的霞光消逝在橄榄园后面，要么，她用目光追随着一只迷途的（就好像我，我母亲说）、脑袋不断地往玻璃窗上撞的（就好像我，我母亲说）苍蝇的踪影。

有时，她臆想出一些悲伤的事情。她设想她母亲从楼梯上跌下来摔死了或者她哥哥被一辆汽车给压死了，这是最不可能的事，因为村里的街道上只有两辆车在行驶：海梅老爷的那辆西斯巴诺-苏莎和胡安父亲那辆散架的小卡车，然后她想象自己一边在黑压压的静默的人群中跟着灵柩车，一边啜泣。

另外一些时候，她一个人说话，就像那些孤单的孩子常做的一样，直到听见客厅里有声音她才突然停下来，过后才发觉自己在自言自语。

要么，她沉浸在下面这些按重要性依次递增列出的日常事务中：

——为即将到来的小男孩用所谓的上下针编织天蓝色的便鞋。

——和唱歌这一行有关的胡思乱想,策划从村里逃走,为此制定方案,和她最喜欢的歌唱家华尼托·瓦德拉马①见面,见面困难重重,据说歌唱家已经参加了共和军。

——阅读哥哥七月份送给她的那本巴枯宁的书,书被她藏到了卧室衣柜里的一堆被单下面,阅读不一会儿就能让她昏昏欲睡。

——探望母亲,母亲给她一些挺恶心的建议,关于给婴儿裹褪褓和拆褪褓的方式,这样那样,操作之前先检查他的屁屁,看颜色和黏稠度,然后洗屁股,然后擦干,然后擦油,然后擦爽身粉,以及其他那些讨厌的事情。

——和罗西塔私聊一些房事方面的话题,觉得那事多此一举,感觉不舒服,这正常吗?有没有什么春药?要不要假装兴奋地叫床?罗西塔回答说,你就把胡安想象成迦本(自从看了迦本主演的电影《天涯海角》②,迦本就成了她们俩的偶像),或者用手干完。

——到食品杂货店里去看玛露卡,诋毁共和国总统马努埃尔·阿萨尼亚,说他是懒鬼和色鬼,他还在等什么,干嘛不马上让有钱人把钱拿出来,抽他们本来就该缴的税?

---

① 原名胡安·瓦德拉马·布兰卡(1916—2004),西班牙弗拉明戈歌唱家。
② 法国导演朱利安·杜维威尔(1896—1967)在1935年上映的一部影片,由安娜贝拉和让·迦本主演。

——思辨,除了一时的失和,到底是什么让哥哥如此沮丧。他的反抗从何而来?他的绝望呢?是他自身的问题还是另有原因?

——充满奢望地探寻她的丈夫何以如此怪僻,因为她知道自己基础知识缺乏,就算能够理解自己,也理解不了这种病理学的源头。

一天,母亲和我在电视上看见纳达尔与费德勒①对打,纳达尔一边紧扯自己的运动短裤,看到这里,我母亲开始笑嘻嘻地盘点迭戈的所有怪异行为,他那些固执的念头,他面部痛苦的肌肉抽搐,他的怪癖,所有怪癖当中排在首位的是他的洁癖,最"独裁"的怪癖,使得他每天要把自己的手消毒二十五次,把一根躁狂的手指从办公桌上拭过好把极小的灰尘都抹掉,每天早晨都换衬衫,这种事在当时属于精神病,在上帝创造的每一个夜晚都洗脚,那时的规定是每周洗一次甚至每月洗一次,因为讨厌与水相关的东西在当时被视为一个无可辩驳的男性特征,一个真正的男人他的脚是带味儿的。

他在整洁和干净这两方面同样的吹毛求疵,在睡觉之前,他都会百般仔细地把裤子完美对折,把两条裤腿完全抹平整,

---

① 拉斐尔·纳达尔(1986—)为西班牙著名网球运动员,罗杰·费德勒(1981—)为瑞士著名网球运动员,两人曾创下无数经典战例,被称为网球史上最伟大的一对对手组合。

然后放在椅子上摆好(他这么做把蒙特丝惹恼了,她通过无声的抗议,把他的衣服扔得到处都是)。此外,他像整理自己的个人物品一样严格地控制着自己的感情,表现出惊人的克制力,比方说他就忍住没问蒙特丝那个问题,那个几个月来一直把嘴唇烧得发烫的问题,一个不断地在他心中出现并且完全能让他爆炸的问题(他很久之后才向她承认):她还爱着那个让她怀上孩子的男人吗?

迭戈的所有这些怪癖,他那恶魔般的讲究秩序,他那狂热的卫生意识,他那生理上和心理上一样严重的便秘,还有他在厕所里的长时间逗留,所有这些都让蒙特丝对他表现得更加克制、审慎和保留(我觉得所有这些词都有些夸张,我母亲对我说道),尽管她为了说服自己不断地重复说要感谢他保全了自己的声誉(我母亲的原话),所以要永远感激不尽。

但是尽管她很努力,这种她一直在尽其所能地与之斗争的保留态度,因为迭戈并不像他在公共关系中表现的那样冷漠和审慎,对她充满柔情蜜意,反而凸显她的保留态度(因为,必须说的是,迭戈有蒙特丝在身边很开心,他对蒙特丝的爱无法用语言描述,并且一想到她把自己的终身都托付给了他,他的心中就充满了自豪)。

他常常在半路上把她拦住,温情脉脉地让她停下来,用手箍住她的手腕,把长着红色大胡子的脸伸过去,要她亲一口:啄一下。必须交钱,要给钱的,蒙特丝则从他的搂抱中挣脱开,借口说家里有急事要办,也不知道是哪门子急事。

之后蒙特丝就一直有一种负罪感，可能因为她没能像她丈夫希望的那样爱他，而这个丈夫把她从不名誉中拯救出来而且救得很干脆，还因为她没有能力履行她母亲和"打赌"姨妈赞不绝口的那种夫妻义务，她心想，她有负罪感还因为自己太厌倦了太老了，没有能力去爱另一个爱她的男人，可她才满十六岁。

她在心里不停地对自己说：这不是人过的日子，这不是人过的日子，这不是人过的日子。

对贝尔纳诺斯而言，在帕尔马，过的也不是人过的日子，这是我想象的，是在阅读《月光下的大公墓》时臆想出来的。

一九三七年三月，他下定决心离开帕尔马，跟他的家人一起登上一艘法国船。

西班牙土地上发生了太多的恶劣行为，太多的罪恶使空气都充满了臭气。

他觉得这种丑恶已经登峰造极。

他见过帕尔马的大主教在意大利的机关枪上卑鄙地挥舞着那双令人尊敬的手——我看见过还是没看见？他写道。

他听见过上百次高呼"死亡万岁"。

他看见"岛上坑坑洼洼的道路经常迎来思想不正统者的葬礼：有工人，农民，但也有有产者、药剂师和公证人"。

他听见某某人，他觉得此人属于屠杀者那一边，那人眼泪汪汪地向他承认：太过火了，我已经受不了啦，这就是他们刚刚犯下的罪行,是他们刚刚描述的可怖的屠杀。

他读了一些报纸,这些报纸表现出令人作呕的卑怯,对佛朗哥分子的扫杀抢掠完全哑口无言。有些东西,他说,有些东西比野蛮人的残忍要恶劣一千倍,那就是懦夫的残忍。

他读过克洛岱尔的诗歌《眼睛满含热情和泪水》,这首诗为清洗者高唱神圣的赞歌,克洛岱尔就是那个被莎士比亚直截了当地称作王八蛋的人。

他看见一些正直的人转而接受了仇恨,这些正直的人终于等到了自认为高人一等的机会,觉得自己要比那些身处苦难中的、跟他们同等的人高贵。

他写下了这个句子,这个也可以在今天早上写出来的句子,因为它符合我们眼下的现实:"我觉得我能给上面提到的那些人(正直的人)提供的最大帮助可能恰恰是对他们严加看管,让他们远离那些不择手段、恬不知耻地利用他们的恐惧心理的笨蛋和恶棍。"

好长一段时间里,他都在努力地挺住,不是为了冒充好汉,也不指望这么做有什么用,只是出于想和帕尔马人民团结在一起的深厚感情,他要分担他们的焦虑和十足的蓝色恐怖。

但是,在三月份,他已经达到了人能承受的极限。

于是,贝尔纳诺斯出发去法国,心里有一丝隐隐的预感:他在帕尔马无能为力地见证过的恐怖,也许只是,可能只是即将到来的其他恐惧的先兆。于是,他这样写道:"我会不厌其烦地重申,我们有朝一日也会效仿受到主教团赞美的西班牙,来对法国人进行清洗……您别担心,那些主教大人凑到我耳边对我说,事情一旦发生,我们就把眼睛闭上。可是,主教阁下,我就是不希望你们把眼睛闭上啊。"

贝尔纳诺斯指出即将发生的罪恶,冒着受到那些乐天派嘲笑的危险,那些乐天派还在指望可以找到不知道哪门子的脱身之计,指望动动嘴皮子而不是确认事实,贝尔纳诺斯说这些乐天派致力于把世界看得很美好,以便更好地逃避对人类及其遭受的不幸的悲悯。

贝尔纳诺斯指出了即将到来的罪恶,他为此付出了昂贵的代价。

可是,后来发生的事,就像大家都知道的,都证明他是对的,因为三年后,一种超越了所有恐怖的恐怖在欧洲肆虐。

眼下,他在一个不自由的世界中自由地替别人说话,所以佛朗哥重金悬赏他的人头(他勉强躲过两次暗杀)。在法国,他发表在杂志《七》上的最新一期关于西班牙内战的专栏受到多明我会修士的查禁,被控宣扬共产主义思想。

值得注意的是,纪德因为一上来就为西班牙共和国进行辩护,也在同一时间被指控背叛,因为他在《访苏归来》(出版于一九三六年)中批评苏联的社会制度。所有的狂热崇拜显然都臭味相投,都是一路货色。

在西班牙那些有可能对共产党的做法提出异议的人也受到了同样的指控,哪怕他们只是动了动嘴角。我就不说别人,路易斯·塞尔努达①、雷昂·菲利普②和奥克塔维奥·帕斯③就受到戴金边眼镜的俄国特务的监视、审问并且被逼就范,那些特务在纠正他们所谓的异常行为上操了不少心。

对贝尔纳诺斯来说天气太阴晦了。

对那些不相信无论何种性质的依附,服从自己的良心而不是这边或那边的空谈理论的人来说,天气太阴晦了。

蒙特丝的天空则出现暂时的些微放晴,她的新生活开始出现一点点色彩,一点点温馨,一点点利好。两只燕子在敞开的工具房里筑巢,她精神大振,觉得这是个吉兆。春天还从来没这么美过。

一天晚上,既不喝酒也不抽烟更不暴食甚至严格节食的迭戈回到家里时摇摇晃晃,呼出的口气中全是威士忌的味道。他在两人的卧室里找到蒙特丝,他用那两条红色的胳膊温柔地搂住了她的脖子,深情地注视着她的眼睛,问她有他这样的丈夫开不开心。

有一刻,她很想回答说:我不知道。但是见他如此严肃而且几乎是在哀求,她突然改变了主意。

---

① 路易斯·塞尔努达(1902—1963)是西班牙"二七年一代"代表诗人之一。1938 年因西班牙内战开始流亡,此后 25 年辗转英、美、墨西哥直至去世。
② 雷昂·菲利普(1884—1968),西班牙诗人、剧作家。
③ 奥克塔维奥·帕斯(1914—1998),墨西哥诗人、散文家,1990 年诺贝尔文学奖得主。

开心,开心。

他迫切地需要她再说一遍。真的开心吗?

开心,开心。

这时,迭戈再也不想听见别的什么话了,赶紧说:

如果你开心,我也开心。

蒙特丝在内心深处感激他没有试探那些她并没有把握的感情。

渐渐地,她对他变得更加宽容了,决意要好好爱他,对自己也更宽容一些。她并不是那种喜欢沉浸在悲伤颓丧情绪中的性格,对不愉快的事没有任何好感更别说表露它们了,所以,她很快又恢复了全部的生机,重新找回了时间观念,从那个灿烂绚丽的月份——我想说的是一九三六年八月那个欢欣鼓舞的月份——开始就丢掉了的时间观念。另外,她还找回了那种善良的模样,一年之前海梅老爷可能把它与那种朴实的模样弄混了,而那种朴实的模样只是她善良的模样受到惊吓后的样子(总之,某些人在企图贬损善良的时候经常将二者混同,就像他们说的,善良嘛,那是傻瓜的品质),她又回到了那种善良的模样。她那种"看破了的善良"的模样,就像佩吉在谈到拉扎尔①时说到的那样,也就是说,不是那种天真的和头脑简单的人的善良,不是天使的善良,也不是伪君子的善良,而是一种醒悟了的善良,睿智的善良,知道人

---

① 夏尔·佩吉(1873—1914),法国作家、诗人、随笔作者。贝尔纳·拉扎尔(1865—1903),法国文学批评家,记者。

类的蒙昧并加以战胜的善良,而且无论如何都要把它战胜。

尽管战事不断,尽管迭戈和父亲之间经常爆发争吵,但一九三七年的这个春天,一切都朝着最好的方向发展。

我要明确指出的是,虽然迭戈对父亲充满被他小心翼翼地掩饰着的钦佩(夹杂着怨恨),尽管海梅老爷一直以来都在心里默默地爱着儿子,这两个男人之间依然隔着一堵墙。

整整好几年里,两个人都不交流,也真够悲壮的,两人也已经很久不再去尝试打破这种沉默,一天里说的话不超过三句,陷入了一种相互不理解的境地,这也变成了一种牢不可破的习惯,就像习惯说你好、再见一样。

可是,自战争爆发,父子之间的这种无论如何有些平常的互不理解掺杂进了暴力成分。尽管海梅老爷性格温良随和,两个男人之间的关系还是紧张得像电一样强烈,唇枪舌剑的事时有发生。持续了许多年的沉默对抗如今一点点小事都能引爆,一点鸡毛蒜皮的小事就能让他们发生激烈交锋。比方说,是不是应该信任家里的那个总管?用完晚餐后使用牙签合不合适?十月十二日要不要过西班牙种族节?两个男人之间有太多的矛盾、恼怒和冲突的动因,尽管他们都感到他们分歧的真正原因在别处。

就餐时谈及的话题一旦涉及战争和赢得战争所要采取的战略(因为战争,我母亲对我说,战争是所有交谈中最主要的话题),很难想象别人会选择跟他不一样的道路的迭戈,指责父亲在政治上背离这个时代,双脚还踩在旧西班牙的污泥水中。世界变了，他粗暴地对他说道，它已经不再是你年轻时的那个世界。你的那些农民再也不希望别人像对待奴隶一样对他们，过不了多久，他们就会把你从你的土地上赶走。

海梅老爷一直在摇头，迭戈的继母和姑妈一脸的惊慌失措，迭戈在心底里偷着乐，为自己的话能让她们丧魂落魄感到开心。

一边听儿子讲话，海梅老爷一边慢慢意识到他已经老了。他已经一点也不确定他自己二十岁时鼓吹的那些思想是否还有效，那个时候政治还能提起他的兴趣。那时他还是一个略懂社会主义的年轻的有产者，总之吧，他信奉一种美好的人道主义，那种人道主义的好处是对他所持有的特权不会有任何损害，因为它只是悲叹人民所受的压迫和金钱的轻率的力量，但并不会因此放弃金钱，就让知识分子和诗人们去替他表达他对遍及世界的苦难的非常深沉非常真挚的同情吧。

今天，海梅老爷念大学时就拥护的进步党立场软弱，他姐姐普拉太太代表的沉重的家庭传统，斯大林的那种僵化教条的学说以及由此催生的那些极端残酷的恶行，海梅老爷拒绝在这三者之间做出选择。他的清醒和聪明与这三种局面狭路相逢（绝对自由主义思想对他没有丝毫的影响），这三种局面都充满欺骗和盲信。更恶劣的是，他觉得加入到一个教条，一个事业，一个制度，然后就只信奉这个信条、这个事业、这个制度，无视其他，这是让一个人有朝一日变成罪犯的最好的方法。他已经走到了这一步。尽管迭戈反反复复地对他讲，当战争要求每个人都参加时，你不加入任何党派只是一种典型的反动派的逃跑主义。是一种奢侈的懦弱。是一种为了自己的利益穿着怀疑主义外衣的放弃。

因此，尽管海梅老爷的儿子对他进行措辞激烈的指责（让他深感不安但他不承认），尽管一些阴险的家伙对他含沙射影（说他除了钱就没有别的信仰），尽管有来自各方的压力（要他明确地声明是站在这一边还是另外一边），他依旧是村里唯一没表明自己站在哪个阵营，唯一不无揪心地为人类的疯狂和他所处时代的疯狂作证的人。

这种退隐的立场既因为他的地位，也因为他的性格，迭戈愤慨地说道。他所持的这种立场让迭戈忍无可忍地说了许多尖酸刻薄的话。向来把什么事都置之度外的海梅老爷听了这些话再也超脱不起来了。

我母亲记得这对父子有一天差点就干了一仗，就为了一个荒唐的怎么煎荷包蛋的问题，海梅老爷声称要往平底锅里倒很多油好让蛋白变得松脆，怒气冲冲的迭戈则认为要节约油脂类物资，因为战争让将来的事变得不确定，但是（对他父亲说）您当然无所谓，您对什么都无所谓，因为您有地租收入……海梅老爷突然从椅子上跳了起来，迭戈紧接着也跳了起来，两个人面对面，怒目而视，像两只公鸡。

海梅老爷平常是非常温和的一个人，现在脸上一点讥诮的笑容都没有，通常对那些无法让他生气的事情他都会是这种反应，可现在他板着脸说道：

我不许你……

索尔太太：

算了，算了。

迭戈朝蒙特丝转过身，就好像要请她作证证明他父亲的态度让人无法接受。

显而易见真话才会让人恼羞成怒。

蒙特丝什么也不说，什么表情都没有，但在内心深处毫不犹豫地站在海梅老爷一边。

因为日子越久，蒙特丝越发现，每当父子俩发生冲突，她几乎总是站在海梅老爷一边。因为，在她和海梅老爷之间一种审慎的好感开始萌生。他们在一定程度上受亲属关系的保护，渐渐地，他们给了自己一分自由、一分信任，几个月前蒙特丝绝不相信这种事会发生，因为她深信像她这种地位的人只会受她公公漠视或者蔑视。

有一天他们俩一起在客厅里喝咖啡，海梅老爷朝蒙特丝转过身，把手轻轻地放在她的手臂上，那是一只像女人一样的白皙的手，就是富人的那种手，然后他问蒙特丝：蒙特西塔，你能帮我把烟点上吗？他的手与她的胳膊温柔接触加上这一声蒙特西塔，在蒙特丝身上产生的效果就像抹了香膏一样（我母亲：怎么会那样！）。那一天他喊她时用的是那个甜蜜的昵称，不管是她的父亲还是哥哥还是丈夫都从来没敢这么叫过，或者因为难为情或者出于担心，又或是担心暴露自己脆弱的那一面。西班牙男人（我母亲说）觉得长时间在一起亲热闲谈属于女人专有的领域。我亲爱的女儿，西班牙男子对自己的男子汉气概非常挑剔，如果我冒昧的讲一句，那非常明显,而且半辈子都是在重申他富有男子汉气概,他富有男子汉气概,不胜其烦。我的莉迪娅,西班牙男人你还是千方百计能躲就躲吧。我跟你说了不下百次。

蒙特丝对海梅老爷的最后的那点保留一下子就消除了。

然后,蒙特丝发现,海梅老爷对人漠不关心的态度背后,藏着对别人的兴趣,藏着一丝温情,一丝迭戈常常一面拒绝一面渴望的温情,现在它突然破壳而出,这是一种被岁月谋杀但并没有毁灭的温情。

海梅老爷和蒙特丝尽管从未公开表示过,但有对方在场他们都感到很开心,一种他们从未从别人身上感受过的亲切,一种前所未有的快乐的默契,一种对他们大有裨益的额外的精神力量。

蒙特丝能够忍受普拉太太针对无产阶级红色匪帮的激烈言论了,那些土匪捣毁工厂,出于何种目的?就为了偷懒,什么事也不用做!是的,先生!还有她那些烦人的呻吟声,她身上那些极度敏感的天主教徒的器官引起的呻吟。

至于海梅老爷,他以前总能找到无数借口从家里逃走,晚上和他的老朋友法布雷加在附近的小镇喝掺了苏打水的苦艾酒,并在那里过夜。现在发现跟"他的三个女人"待在一起很开心,一起像个傻瓜,像个孩子一样,玩海战游戏,或者用鹰嘴豆和干云豆玩罗多游戏①。

在他的内心深处,他对战争的一波三折和他儿子的个性

---

① 一种摸子填格游戏。

感到高兴，从某种意义上讲，是它们向他奉上了他的儿媳蒙特丝。

海梅老爷在此期间隐隐地感觉到自己变年轻了，蒙特丝也隐隐地"提升"了，就像普拉太太所说的那样。

在海梅老爷身边，蒙特丝明白了有礼貌的尊重可以缓和人与人之间的关系，那并不一定就是女人扭捏作态的同义词（就像她父亲认为的那样），也不是资产阶级的伪善（就像何塞认为的那样）。海梅老爷说，战争不应该把我们变成野蛮人。对此，他的儿子冷冰冰地回答说那些剥削穷苦农民的人才是野蛮人。此话一出，客厅里顿时充满山雨欲来的气氛。

她还学会了以他为榜样，注意自己的衣着（海梅老爷是村里唯一穿着雅致的人，七月内战爆发之后，所有的人都刻意穿成穷人的样子，一件满是污垢的衬衫要连穿好几天，免得被怀疑成阶级敌人，革命党在这一点上特别吹毛求疵）。

她还学会了一些高级词汇，像恭贺啊，衰败啊，误入歧途啊，这些词别人从未在她面前用过。给她的印象是，它们大大拓展了她的精神空间。

她学会了对美好事物的品味，在桌子上摆放大丽菊，餐具完美对称，上菜时讲究艺术，总是配上香芹。这个品位她保留了一辈子，后来在法国流亡期间还成了一种抵抗的方式（抵抗思乡情绪，抵抗忧愁，尤其是抵抗贫穷，迭戈在图卢兹的米尔公司找到一份建筑工人的活计，他那点微薄工资迫使她过穷苦日子）。

蒙特丝和海梅老爷常常一起哈哈大笑，而且常常是毫无理由，要不唯一的理由就是他们觉得很开心，两个如此不同的人在一起，彼此觉得如此亲密无间。

我们的性格都有些好笑，我母亲对我说道，都比较沉着冷静，就像你说的比较酷，尽管他在上层我在底层。

蒙特丝和海梅老爷共同见证了他们的世界在坍塌，他的那个世界他一直把它看成一个稳定的世界，那是一个被一种成色较好的社会主义轻轻地掸去了灰尘的古老传统的世界，她的则是那个充满美梦和幻想、让她的十五岁充满了快乐但在她哥哥的眼中却每天都在瓦解的世界。但他们俩无论是谁都没有任何伤感也没有任何悲悯，几乎总是选择一种轻松的语气，预防即将爆发的家庭悲剧，把它们引向从政治的角度看比较中性的区域（主要是饮食方面：您想来点凉拌鹰嘴豆吗？还是要煮熟的?)，亲切地嘲笑迭戈的僵化教条，希望能把那些僵硬的东西软化，还有索尔太太的那些更加僵化的东西，但对软化它们不抱任何希望，跟她论理那还不如跟一张椅子说呢。

很久以来的第一次，蒙特丝和海梅老爷感觉到心里有一股暖流，一种信任，一种从容，一种意气相投。尽管他们有不一样的地方，但感情上，那种没有矫饰的感情，怎么说呢，就说他们两个人产生了深厚的友谊吧（我母亲对我说，在西班牙语中，友谊这个词有太多的翎饰，那好吧）。

一天晚上，迭戈在村政府值班，索尔太太回自己的卧室去了，普拉太太睡觉了（两个人正好都身体不舒服），海梅老爷和蒙特丝晚饭后单独待在客厅里。

蒙特丝很长时间以来一直希望有这种和他单独待在一起的机会。好几次她都有一股冲动，想向他承认，但这股冲动都被家里的这个或那个成员的突然到来给打断了。

于是，那天晚上，蒙特丝先是给海梅老爷倒了一杯白兰地，海梅老爷笑着对她说，我要用我的王国换一杯白兰地！（为什么我的王国？我母亲问我，鬼才知道！）她坐在他对面，勇敢地向他承认：请别见怪啊！她向他承认说她非常不喜欢她在一九三六年七月一日上午十点钟来应聘女仆时他说的那句话：她的样子很朴实，因为她从这句话里听出了难以忍受的细微的蔑视，极大地伤害了她的自尊心，比她父亲的皮带抽还要狠，以至于她就在那个节骨眼上渴望革命快点爆发。

海梅老爷狼狈不堪。

然后，他恢复了镇定，他请求她原谅他的笨嘴拙舌。

蒙特丝立马请求他原谅她的敏感。

两个人于是开始请求原谅比赛，嘟哝声，辩白声和没完没了的抱歉声：我不该，没事的，有事，我怎么能说那样的话，您不必道歉，要的，不用，我本该，不用的，要的……直到两个人一起哈哈大笑。

然后，他们有一阵子没说话，在充满黑影的客厅里静静地待着。

沉默了好一阵后，海梅老爷问蒙特丝：

您在想什么？

蒙特丝正想得出神，迷离的眼神仿佛凝望着窗外很远的地方。

是因为她壮起胆子跟他说了那个以令人不快的方式开始他们两人关系的时刻，她感受到的恼怒和耻辱，还是因为经过那么多胆怯的接触和失败的主动接近后终于赢得他的友谊和信任，还是由于别的原因，那天晚上蒙特丝反正是豁出去了，冒险说到了他们在一起时从未提过的话题，偶尔提到时也只是含糊其辞，因为根据那个奇怪的原则，我们可以无话不说，但那些让我们受伤的事情被排除在外：迭戈的童年。迭戈的童年是这样的。

二十岁时，海梅老爷离开家到巴塞罗那学习法律。那个时候，他阅读伏尔泰和米格尔·德·乌纳穆诺的作品，嘲笑母亲的过分虔诚，捍卫社会主义思想，同时频繁出入资产阶级沙龙，早上去参加高尔夫球赛，晚上则参加工人的聚会，夜里和几个有钱的朋友光顾唐人街的酒吧。

就是在那里的快餐店他遇见了帕萝玛，然后疯狂地爱上了她。

他们俩在海梅的父亲为儿子租的一间公寓里住了下来，就像当时的人们说的那样过起了姘居的生活，向全世界隐瞒了他们的关系。

他们刚开始同居的时候，帕萝玛喋喋不休地抱怨，海梅老爷深信不疑。他相信她的一举一动都被同一楼层的那个女邻居监视，那是一个屁股扭来扭去的金发女人，反正就是一个狐狸精。他相信那个女人跟踪她，出于不可告人的恐吓的目的，相信那个女人在整栋大楼里散播谣言说她生活淫荡，让她名誉扫地。

他毫无理智地相信帕萝玛,原因很简单,因为他爱她。

他甚至提出要去教训教训那个恶劣的女邻居,让她不要再玩什么伎俩,并严厉地要求她做出解释。她到底想要干嘛?为什么要这样监视别人?为什么要散布流言蜚语恶意中伤别人?

他相信帕萝玛,直到有一天他看见帕萝玛一动不动地站在厨房里,一脸的惊恐,正在窥视着什么:

我感觉她在那里。

你在说谁?

那个女邻居。

透过隔墙?

我感觉她在那里。

这不可能。

你不相信我?为什么?你跟她是一伙的?你们联合起来对付我?

海梅老爷那一天被帕萝玛的行为举止弄得狼狈不堪。他觉得她的行为古怪。然后还反常。就是不正常。惶惶不安地经过无数怀疑,在脑子里打过无数个问号,他最终得出的结论是她发疯了。

实际上,几个月来,帕萝玛一直以为自己有第六感,几乎整天都在窥探隔壁房间传来的声音,她瑟瑟发抖地说,是一些电码声,一些充满让人不安的暗示的呼叫,一些无法破译的暗号,是那个女邻居发过来的,想跟海梅老爷进行秘密联络。因为,她觉得事情到了现在已经非常清楚了:她的情郎爱上了另外那个女人(她把那个女邻居叫做另外那个,那个愚蠢的女人,或者婊子,或者臭虫)。这都是明摆着的。

她在墙上轻轻敲了三下!帕萝玛朝海梅老爷叫起来,脸和眼都像疯子。你还等什么,还不扑过去?

她勾引你,说实话!

你别胡思乱想了,海梅老爷回答道,他试图用逻辑推理向她指出她那些想法太荒唐。

可她非常固执:去吧!去找她!你还在等什么?走吧!走吧!

说完她开始绝望地大喊大叫,一边用拳头捶他,一边辱骂他。海梅老爷心想他要永远逃走了,逃出去一个人过,一个人,一个人,一个人,一个人。

一天,帕萝玛跟他说她怀孕了,海梅老爷开始希望一个孩子的降临可能会结束她的妄想。但迭戈在一九一七年六月十二日降生,帕萝玛的妄想症只是变得越来越严重。

帕萝玛和迭戈在一起相依为命生活了两年,母子俩难舍难分,以至于海梅老爷感觉自己在他们眼里只是个讨厌的人,一个企图在他们俩田园诗般美好温馨世界中用他的大鞋子插上一脚的局外人。全靠海梅老爷给钱,娘儿俩好歹能够生存下来,海梅老爷最后在附近的一个房间里安顿下来,继续学他的法律,但一点劲也提不起。

受女邻居骚扰的妄想让帕萝玛有了疯狂的举动,因为人类的精神世界的确会变成一个让人痛苦的地方,那里的痛苦比在地狱里经受的所有折磨要难熬得多。她觉得自己是一个魔法的受害者,有丧命的危险,于是在一天晚上冲进了她的宿敌的家里,手上拿着一把剪刀,威胁说要戳瞎那个邻居的眼睛。听见了尖叫声。打斗声。狂奔的脚步声。邻居们纷纷跑来。警察接到警报后火速赶到。帕萝玛被带到派出所,怀里还抱着一直在哭的迭戈。后来,她被关进了精神病院,诊断为谜一般的"塞里欧和卡普格拉斯①神经质妄想"。

海梅老爷在绝望中决定按照一个社会福利员的指示,把小迭戈送到一户人家让他们帮着养,就是今天法国说的那种收养之家,名义上是收养,时间一长,就几乎不养了。

那个收养家庭姓富朗特,他们喂孩子吃饭,给他洗澡,哄他睡觉,给他穿衣服,送他去学校,无懈可击。

他们教他说谢谢,我也一样,您先请,劳驾,你好,再见,还教他把身体站直,擦脚,闭着嘴巴吃东西,大人说话时不插嘴,不问东问西。

当小迭戈无视他们的禁令,问他们一些孩子们都想知道的那种迫切的问题,一些涉及遗弃和死亡的问题,他们就责令他闭嘴,无懈可击,反复教导他要懂礼仪:不要提问题,不能撒谎。

当他问起他的母亲是不是还会病很久,多久?十天吗?

---

① 保罗·塞里欧(1864—1947)和约瑟夫·卡普格拉斯(1873—1950)均为法国精神病科医生,曾在一起工作过。卡普格拉斯综合征(一种妄想症)以后者的姓氏命名。

二十天？一百天？（因为他能一直数到一百），他们就回答说，回答得无懈可击，去复习功课，不要老想这些愚蠢的事情。

海梅老爷每月去探望两次，他到的时候，富朗特夫妇就滔滔不绝地跟他说，孩子吃的非常好，都是买好衣服给他穿，每天都会精心照顾他的身体。

但是这个孩子，尽管吃的东西无懈可击，尽管穿的衣服无懈可击，尽管被梳洗得无懈可击，却还是朦朦胧胧地感觉到一种失落，一种忧伤，他没法弄清其中的原因。没有比这个更像情节剧了，我说道。太对了，我母亲回答说，我不许你开玩笑。晚上睡觉的时候，他一个人，没有保护，在黑暗中，只有阴影，听不到一句爱抚的话，没有一个爱抚的手势，没有一丝爱抚的微笑，只有绝望化身成那种吓人的东西，把他淹没。于是他拼命地大喊救命，他嚎啕大哭，他不知道他怕的是什么，但就是怕得要死，这种无边的恐惧把他那些可怕的幻觉放大了十几倍。（他的一生必定都保留这种可怕的不安全感，这种感觉终于在他生命的最后几年里覆盖了一切，也把他送进了精神病院。）

于是，那个家庭主妇轻轻地走进他的房间，无懈可击地，要求他别哭得那么大声，不然会把屋里的人全都吵醒。

要是他还哭的话，一家之主就会，无懈可击地，允许他开着灯。

如果他还是不停地哭，一家之主就会跑回来，无懈可击地，明确告诉他，在他眼里，哭鼻子的人是所有的人当中最可悲的。

结果就是，这孩子渐渐地在他的姑姑和他姑爷面前克制所有的感情，男人通常很晚才会像这样约束自己。他学会了咬紧牙关，把痛苦埋在心里，刚强地面对痛苦的利刃。他的脸上也形成了刚强的表情，在这种年龄的男孩子身上出现太让人觉得意外，那种表情是我们在那些从战争灾难中死里逃生的孩子脸上经常看到的表情，那种表情在孩子的父亲每次探望的时候都撕扯着他的心。

每次海梅老爷单独和迭戈在一起，都会焦急不安地问：我的迭戈你好吗？你没什么伤心事吧？你要是有什么伤心事一定要告诉你爸爸啊。有什么事全都要告诉爸爸。

迭戈摇着头，严肃地说一切都好，因为他真的不知道哪里不好。

但在告别的时候，孩子发疯一般抱住父亲的大腿不让他走：别走，别走，别走。于是，海梅老爷含着眼泪，必须用惊人的力气才能把他孩子那紧紧地抓住他的拳头掰开，被迫动粗才能摆脱迭戈，再见面又要两个礼拜之后。

海梅老爷想过一百次要把他接走带在身边。

但是，每一次他都放弃了，因为他觉得对他这种单身汉来说，那是根本不可能的事情。

所以他一娶回索尔太太，就去接他了。

那时迭戈七岁。

七个月的内战之后，贝尔纳诺斯清点了马略卡岛上的罹难者人数：在七个月的二百一十天里，发生了三千次杀戮，相当于每天有十五个人被处死。

他带着绝望的嘲讽,计算出这座岛可以只用两个小时就能从一头到另外一头,一个好奇的驾车者因此可以只用一天时间就可以看见十五个思想不正统的人的人脑袋开花,多好的比分啊。

在这种惨绝人寰的气氛中,马略卡岛那些美丽的巴旦杏树怎么还会开花哟?

一九三七年三月二十八日,蒙特丝生下了一个女儿。

战争爆发后,村里发生了太多的事情,所以蒙特丝生下了一个 3.82 公斤重、身体非常健康的所谓的早产儿时,没有人觉得讶异。

孩子取名叫露妮塔。

露妮塔是我的姐姐。她现在已经七十六岁了。我比她小十岁。而迭戈,我的生父,不是她真正的父亲。

露妮塔的降生让全家人都沉浸在喜悦之中。

普拉太太欣喜若狂,成百上千次允许自己放下自尊,对这个孩子都差不多爱疯了。

孩子一哭,她就用瘦骨嶙峋的手臂把她抱起,像白痴一样微笑着对孩子说:我要在你的小屁屁上啪啪啪,她充满爱意地在那个小屁屁上撒爽身粉就好比那是一块糕点,她在上面疯狂地啄着吧唧着,一边说着傻话:多可爱呀,多漂亮呀,你多么漂亮呀,我亲爱的孙女,我的宝贝,我的爱,诸如此类。

索尔太太也是大喜过望,她把孩子抱在腿上,按照"小驴儿快跑,小驴儿快跑,小驴儿快快跑,因为明天就要过节了"的曲调,有节奏地颠着腿,露妮塔笑得都喘不过气来。

孩子出世的那一天,迭戈没能掩饰自己的失望,因为他希望是个男丁,他看着她那皱巴巴的脸有些怀疑有些不高兴,现在则满怀爱意地让她吃奶,满怀爱意地等着她打那个小嗝,那是全世界最迷人,最微妙,最抒情,最风趣,最悦耳的小嗝,夸她有身上有如此多优雅的艺术气质,傻乎乎的爱抚和温情没完没了:你给爸爸笑一个好吗?笑一个好吗,我的小乖乖?

至于蒙特丝,看着自己的孩子一天天长大,她感到无与伦比的幸福,这孩子显得如此快乐,如此倔强,如此有自主意识,外表看上去却那么温柔。蒙特丝情不自禁地想,一九三六年的革命效果出乎意料:它改变了家人的DNA,因为露妮塔脸上的那种朴实的痕迹已经了无踪影,那种朴实的神情代代相传,就像是基因组中的一个占统治地位的遗传单位,一个招呼别人过来侮辱你的东西。

太有个性了!海梅老爷说道,他惊奇不已,因为没给她橡皮奶头,她气得直跺脚。

对蒙特丝来说,有露妮塔在身边,剩下的一切都不重要。迭戈一脸的灾难跑过来,跟她说格尔尼卡和当地的居民遭到山鹰师不间断的轰炸,她几乎都没在听。她几乎连眉头都没皱一下,因为她太激动了,她觉得自己听见了才一个月大的心爱女儿发出了"尿尿"两个字。她一本正经地说,从这里可看出女儿有完全超出常人的智力。

蒙特丝都爱疯了这个孩子,她从未爱过丈夫身上的那种红棕色,但她的露妮塔的红棕色却让她赞不绝口。你是我的小松鼠,她喃喃地对女儿说道,你是我的小狐狸,我的小海狸,我的红小鸡,我的红发宝贝,我的小水獭,我的猫鲨,我的糖果。她跟女儿唱道:

> 人们都说呀
> 一天有二十四小时。
> 假如我有二十七小时,
> 我就会多爱你三小时。

何塞呢,他也抵挡不了孩子的娇媚可爱,他的痛苦也因此减轻了一阵子。蒙特丝求他做露妮塔的世俗教父,他也让了一步,同意去布尔戈斯家,但条件是他去的时候迭戈不在屋。他把自己的教父角色很当一回事,一边专心地摇着外甥女一边给她唱《国际歌》,跟她讲马赫诺[①]和拉塞耐尔[②]的故事。在疯狂地亲她的间歇,还给她发表激烈反对佛朗哥的演说,小露妮塔听得很兴奋也跟着牙牙学语,普拉太太听了则

[①] 内斯托尔·马赫诺(1888—1934),乌克兰无政府共产主义游击队领导者。
[②] 皮埃尔·弗朗索瓦·拉塞耐尔(1803—1836),法国杀手和诗人。

大惊失色,赶紧逃回到自己的卧室。

一家人全都变成了老年痴呆。

只是在谈到洗礼的事情时,这家人才会勉强受到突然爆发的激烈争论的困扰。

索尔太太和普拉太太都认为必须让小姑娘接受洗礼,否则她将来死了以后会永远在地狱的边境孤独地游荡,她们俩负责找神甫,要是还有神甫的话。

迭戈斩钉截铁地说他反对这种闹剧。

海梅老爷说他尊重孩子父母亲的决定。

何塞威胁说,要是他心爱的外甥女在连话都还不会说之前就皈依,他会搏命的。

蒙特丝处在几种矛盾的感情当中,要求给她一段时间仔细考虑一下。

一九三七年三月十九日,也就是露妮塔出生的九天前,教皇庇护十一世发表了《神圣救主通谕》,为的是打破沉默,谴责威胁世界的本质邪恶的祸害(我引述的文字)。

这种危险的祸害,这种恶魔般的祸患(我引述的文字),就是布尔什维克和不信神的共产主义,它想搞乱社会秩序,并破坏基督教家庭的基础。

它还宣扬妇女解放,打算把妇女从家庭事务和生儿育女中解救出来,让她投入到公共生活中(我引述的文字)。各种潜伏的细菌在那里迅速繁殖,各种有害的影响在那里大量扩散。

但最大的而且绝对的危险在于，一个建立在布尔什维克唯物主义理论上的人类社会显然除了经济体制产生的价值之外，不能产生其他的价值。教皇庇护十一世陛下的注意力全都集中到了对上帝的爱上，他是不是由于疏忽，遗憾地把共产主义经济和资本主义经济搞混了？很有可能。

为了还他以公道，我们要明确的是，在一九三九年二月，他以完全属于梵蒂冈式的巧妙，起草了一件揭露纳粹迫害和意大利法西斯党操纵教会演说的通谕，但在通谕发表之前的那个夜晚，他就驾崩了。

一九三七年五月三日，何塞通过收听广播得知，在共产党的鼓动下，好像是为了对教皇庇护十一世陛下的意见表示赞同，一支突击队突然攻入此前一直由绝对自由主义者和马克思主义统一工人党成员控制的城区，准备把他们一网打尽。

经过数日的交火，共产党领导下的民兵突击队最终逮捕、监禁并杀掉了一大批安那其和马克思主义统一工人党的成员，他们被指控是从希特勒那里领取军饷的叛徒（伊利亚·爱伦堡创作了《没通过》，他是这一指控的歌颂者之一。这本书却从他的正式传记中消失了）。

共产党很久以来一直想主导这场政治游戏，把绝对自由主义内容从革命中清除。他们一直以来都热衷于通过诽谤来除掉那些为绝对自由主义唱赞歌的人。

但诽谤是对付附庸风雅者采用的一种方法呀。

现在开始玩真的了。怎么？枪毙啊，老天爷。他们就是这么做的。

何塞为此感到绝望。

一个月后,他变得更加绝望,因为他得知安那其组织被赶出地方政府,组织成员遭到残酷镇压;马克思主义统一工人党被解散,大批战士被野蛮逮捕,尤其是对其领导人安德烈斯·宁①的虐杀(因为他恶意地公开揭露"莫斯科大审判")。那次暗杀行动代号"尼古拉",由斯大林出资组织,地方政府充当帮凶(斯大林比全人类加起来还要博学,聂鲁达——斯大林主义诗人当中最奴颜婢膝的一位如此写道,何塞当时是这么说的,我母亲说道)。成百上千个集体组织在一九三七年八月被共产党领导的部队武力解散,以绝后患。

对于所发生的这一切,欧洲的各路媒体一声不吭。

值得注意的是,《真理报》倒是在一九三六年十二月十七日做了预告:"对托洛茨基分子和无政府工团主义分子的大清洗已经开始,这项行动将会跟在苏联采取的行动一样雷厉风行。"

何塞通过绝对自由主义分子的电台知道了这些被人称为"五月事件"的事情,他每天早晨都要收听这个电台的广播。

消息一公布,何塞怒不可遏,朝村政府跑去,他像个疯子一样,他都快气疯了,疯狂的怒火推着他向前跑,让他撒开双腿。一路上,他看不见任何人,也看不见任何东西,他觉得五雷轰顶,他的双腿奔跑着,沸腾的热血驱使着两条腿

---

① 原名安德鲁·宁(1892—1937),西班牙革命家、共产主义者。

往前跑。他一头闯进迭戈的办公室，脸色铁青，头发蓬乱，心脏怦怦乱跳，因为愤怒而喘不过气，他没有看见四个年轻人正在与迭戈谈话，他什么也没看见，他什么也没听见，他对什么都不关心，他只有一个想法，只想杀人。

他横在迭戈前面，与他面面相对，大吼道：你只是一个卑鄙的叛徒。

见迭戈冷冷地看着他，一言不发，他又吼道：

你敢否认你的那些同伙跟昨天发生的那些事毫无关系！

你能告诉我是什么事吗？迭戈声音平静，一字一顿地问道，他当然明白何塞说的是什么事。

你只是一个卑鄙的叛徒，何塞吼道，我讨厌你。

你说话小心点，迭戈威胁道，他冷静，沉着，并没有提高声调。你会为你说过的话后悔的。

这两个男人都轻蔑地打量着对方。

假如你不是蒙特丝的哥哥，我会把你……

迭戈没有把话说完。

有两个年轻人当时都在办公室，七个月后，当何塞和迭戈的悲剧被人议论纷纷时，他们俩想起了迭戈说出这些话时的威胁口气和所包含的预先警告。

永远都不许你在我面前提我妹妹，何塞吼道。

说完，他大步走出那间办公室，没看见那四个辅助迭戈工作的年轻人一脸惊愕的表情。他冲下公墓大街，没看见与他擦肩而过的那些人的反应，那些人被他那疯狂、野蛮和绝望的表情吓坏了。然后他跑回家，没看见母亲惊恐的眼神，母亲正在台阶上面等她,他一把将母亲揉开,用力那么猛,母亲差点摔了个仰八叉。

何塞走后,迭戈脸上毫无表情(只是嘴角微微哆嗦了一下),他叫他的那些助手走开,让他一个人安静地待会儿:他要好好想一想。

迭戈在结婚之后,脑子里隐约掠过一个计划,他想把何塞争取到他这一边来。他觉得何塞的反抗只是一时的头脑发热,可以治愈。另外,他还相信所有的反抗都只是头脑发热,都可以治好。一杯橙花茶,在伤口上吻一下或者一脚踹过去踹对了地方,然后去你妈的!可是,这种办法对何塞不灵,不灵。他现在明白那种办法不灵。他明白何塞不是那么回事。他明白何塞是一种情怀,怎么说呢?这种情怀不比意志也不比决心弱,是一种抑制不住的情怀,跟爱情一样危险一样苛刻,牵扯到他的整个生命和整个……怎么说来着?

他只是相信,相信他和何塞之间的决裂从此不可挽回。但是,从某种意义上说,尽管他不是很愿意承认,这种决裂却拯救了他。他心想,这种决裂让他从何塞流露出的那总是不以为然的眼神中解放出来,让他从何塞的冷嘲热讽中解放出来,从他对最毋庸置疑的信条表示出的怀疑中解放出来,尤其让他从何塞那恶魔般的永不疲倦的不可救药的纯洁中解放出来。

也许还能把他从童年时的旧恨中拯救出来,那陈年的嫉恨一直重重地压在他的心上。因为,很奇怪,自打娶了蒙特丝,那种被他化上了一层政治理论的妆、多多少少被他成功掩饰了的嫉恨，只变得越来越强烈。他摆脱不了那种感觉：何塞比他更和气，更有魅力，更像个西班牙男人，那种很神秘很女性化被人叫做魅力的东西，假设让他的妻子蒙特丝把他们俩做个对比，对比的结果只会对他不利。

有人声称，迭戈的这种嫉恨以及何塞特有的优雅给他造成的创伤，是导致即将发生的悲惨事件的部分原因，他们俩有个悲剧性结局。

我爱你，我母亲握住我的手，对我说道。

一九三七年七月，西班牙主教团的集体信发表。

所有的主教和大主教都在信上签名，表示一致同意佛朗哥的独裁统治，愿意竭尽全力与邪恶的势力作斗争。

签名的人如下：

†伊斯德罗·戈马·伊·托马斯，枢机主教，托莱多大主教；

†欧斯塔基奥·易伦丹·伊·艾斯特邦，枢机主教，塞维利亚大主教；

†普鲁登西奥，瓦伦西亚大主教；

†曼努埃尔，布尔戈斯大主教；

†里戈韦托，萨拉戈萨大主教；

†托马斯，圣地亚哥大主教；

†奥古斯丁，格拉纳达大主教，阿尔梅里亚、瓜迪斯和哈恩的宗座署理；

†何塞，马略卡岛大主教；

†阿道夫，科尔多瓦主教，雷阿尔城主教修道院座宗署理；

†安东尼奥，阿斯托加主教；

†莱奥波尔多，马德里和阿尔卡拉主教；

†曼努埃尔，帕伦西亚主教；

†安立奎，萨拉曼卡主教；

†瓦伦丁，索尔索纳主教；

†居斯迪诺，乌尔赫尔主教；

†米盖尔·德·洛斯·桑托斯，卡塔赫纳主教；

†菲德尔，卡拉奥拉主教；

†弗洛伦西奥，奥伦塞主教；

†拉法埃尔，卢戈主教；

†菲利克斯，托尔托萨主教；

†阿尔比诺，特内里费主教；

†胡安，哈卡主教；

†胡安，比克主教；

†尼卡诺，塔拉索纳主教，图德拉座宗署理；

†何塞，桑坦德主教；

†费里西亚诺，普拉森西亚主教；

†安东尼奥，克里特岛可索尼萨斯主教，天主教伊维萨教区座宗署理；

†鲁西亚诺，塞哥维亚主教；

†曼努埃尔，库里奥主教，罗德里戈座宗署理；

†曼努埃尔，萨莫拉主教；

†里诺，韦斯卡主教；

†安东尼奥，图伊主教；

†何塞·马丽亚，巴达霍斯主教；

†何塞，赫罗纳主教；

†胡斯托，奥维耶多主教；

†弗朗西斯科，科里亚主教；

†本杰明，蒙多涅多主教；

†托马斯，奥斯马主教；

†安塞尔莫，特鲁埃尔-阿尔瓦拉辛主教；

†桑托斯，阿维拉主教；

†巴尔比诺，马拉加主教；

†马尔塞里诺，潘普洛纳主教；

†安东尼奥，加纳利群岛主教；

伊拉里奥·雅本，锡古恩撒教务会牧师；

欧热尼奥·多梅卡，加的斯教务会牧师；

埃米里奥·F.加西亚，休达教务会牧师；

费尔曼多·阿尔瓦雷斯，莱昂教务会牧师；

何塞·苏里塔，巴亚多利德教务会牧师。

西班牙的所有神甫大部分都很谦逊，大部分都远离政权，大部分都很亲民，不管愿意不愿意都屈服于这封无条件地支持佛朗哥将军的公开信中推行的准则，不得不用身上的教士长袍遮住自己的良心。他们当中为此付出生命代价的人很多。

保尔·克洛岱尔在一九三七年八月二十七日的一张报纸上热情赞扬这封集体信。先前，他也用同样的热情表达了他对佛朗哥和他领导的崇高运动的支持。佛朗哥这个臭名昭著的小人得到了一些所谓的优秀人物的拥护，这对贝尔纳诺斯来说是一件不可思议的事。他写道，"如果不是你们打算把一个可恶的加利费①式的人变成一个供法国人学习的基督教英雄，我可能永远也不会提到佛朗哥将军……见鬼，为什么要我去仰慕一个两次违背对自己的主子许下的誓言、认为自己的独裁统治合法的将军？"

克洛岱尔，我曾想，他赞扬西班牙主教团的那封集体信，他所表现出的热情跟他用来憎恶犹太人的热情以及用来宣扬法国人的苦难（更多地来自于抗议的工人）可谓等量齐观，有似于希特勒或者墨索里尼的热情。

一些人被这个论据给骗了。贝尔纳诺斯没有。"照他们说来，那些思想不正统者，"他写道，"法国工人，非常满意，生活舒适得要死。"想想法国工人恶劣的生活状况吧。

贝尔纳诺斯明白克洛岱尔和另外几个人在盯着法国工人谩骂的时候，只是掩盖了那两个暴君用他们的铁蹄和炮弹制造出的声音。一个政体倒台了却只让法国工人承担责任，他断然拒绝同这样鼓吹的人沆瀣一气。

---

① 加斯东·德·加利费（1831—1909），法国军人，曾担任过战争部长（相当于后来的国防部长），以残酷屠杀巴黎公社战士而出名。

这场革命已经中途夭折了吗？何塞一边看着他的那头黑母驴围着戽斗水车转圈，一边想。

我要不要放弃我在列伊达见过的那种让我如此憧憬的生活？这就叫成熟吗？这种失败就叫成熟吗？

共产党的讲话通过迭戈的嘴巴，运用历练纯熟的宣传技巧，反反复复地讲绝对自由主义分子是佛朗哥的实际同盟，这些讲话好像已经在村民身上起作用了。于是，何塞渐渐地失去了他们的尊重，最后成了他们公开谴责的对象，成了害群之马。

小业主以小地主的名义斥责他（之前他想过要消灭他们），短工以劳工组织的名义（他以前怀疑过他们），虔诚的教徒以宗教的名义（他亵渎过宗教，把圣母头上的光轮涂成红色），过分讲究的男人和过分讲究的女人以讲究的名义（他用很重的粗话冒犯过他们，诅咒的话足足可以编成一册书），而迭戈则是以小时候两人的对抗经历的名义（适时地变成了政治仇恨）斥责他。

何塞的第一个反应，既合理又不合常理的反应，是反省那个绝对自由主义乌托邦，因为它遭到激烈的诋毁，所以他的反省也更加深刻。

他说，任何东西都不可能战胜它，永远也不会。

他说，它是希望之井里的那一点摇曳的微光。是这个伪善的世界里的一股暖人的清风。

他说，在心里接纳过它，哪怕只是很短暂的一阵，都已经让他脱胎换骨，永远脱胎换骨。他说，西班牙是唯一能让它生长的土地。

在灵光乍现的日子，他说，它是一种花，种在泥土中，埋了几千年依然完好无损，依然能开出娇艳的鲜花。

他说，那些哈巴狗听迭戈使唤，我呢，我服从我的幻想！他对母亲说道，母亲惊恐不安地看着他。

然后，不知不觉地，他的信仰动摇了。他泄气了。或者更确切地说，他走过了一段时期，这是一个他既不能完全相信他的梦想也不能完全放弃它的时期。他开始觉得因为大体上说人就是那个样子，也就是说人是不完美的，人太不完美了，而他们组成的社会要服从他们捉摸不定的欲望和幻觉。从今往后他要捍卫的是一个不再单纯的乌托邦的思想，一个像血一样鲜红、想灵魂一样漆黑的乌托邦，一个经验丰富、英明有远见、去除雾般妄想的乌托邦，换句话说就是一个不可能的乌托邦，再换句话说就是一个遥不可及的乌托邦，但要一直把它作为自己的目标，直到可以获得解放的最高层次。这是他的推论。

但是他身上裂开了一道缝，他的推论没法堵住。忧伤，他在兰布拉大街咖啡馆所感到的忧伤，他一时成功地让其不敢靠近的忧伤，现在又把他吞噬。一股辛酸的滋味。所有这一切只能是悲剧结局，他说道，这是意料之中的。我白白地花费了那么多精力，他说道，它会让我学乖的。希望中了圈套，他说道，这种卑劣行径。

这个终于失去了幻想的最后的幻想家开始沉痛哀悼，哀悼他的反抗，哀悼他的童年，哀悼他的天真，迭戈是所有这一切的罪魁祸首。

迭戈变成了他的顽念。

他的假想敌。

五月事件之后,迭戈就变得很可恶,比以前还要可恶,还要不可饶恕。

他对迭戈蔑视到了极点。

他每天重复上百次,这条走狗背叛了革命,因为他谈起革命就像在谈一个情人,我相信革命就是他的情人。他说这条走狗贬低革命。这条走狗把革命引入歧途。这条走狗毁掉了革命。这条走狗以为革命服务之名往革命身上泼粪,因为他不明白在炫耀革命之前必须先从自身开始革命。他跟母亲讲到这些,母亲很沮丧,但也拿他没办法,叹着气说又来了。然后他又跟食品杂货店的老板娘玛露卡讲,玛露卡耐心地听他讲完,就像成人听孩子讲故事。他又跟胡安讲,都讲了一百遍了,胡安为了替他排解,带他去了福儿咖啡馆。

来杯苦艾酒,何塞吩咐服务员。

那就两杯,胡安说。

咖啡馆里的那些人,谈话的内容都是今年橄榄树会给他们产出多少橄榄。

他们只对橄榄感兴趣,何塞说道。

橄榄和屁眼,胡安说道。

还有圣母,何塞说道。

放在一起挺搭配的,胡安说道。

然后,两个人陷入沉默。

那罗西塔呢？何塞突然问道。

罗西塔什么？胡安问。

一直都在食堂上班吗？何塞问。

不，胡安说道，她在巴黎逍遥呢。说完苦笑了一下。

然后两人重新陷入沉默。

你看看这些傻子！何塞突然叫了起来。

这是他的形而上学时刻。人类啊，说话间，额头上冒出了两横皱纹，人类越来越倾向于欺骗和撒谎，这是一个进步，但违反常规；他们乐颠颠地让自己被第一个大声说话并对他们说"跟领导走"的人哄骗；他们胆小，喜欢阿谀奉承，急不可耐地等着别人把他们当奴隶使唤，他们那种奴隶般的恐惧取代了道德；他们很快就会忘记丧妻之痛，忘得比丧失财产之痛还要快，我已经不止一次证实过。说他们懦弱，说被他们称作厄运的东西不是别的，正是他们给自己的懦弱添加的名字，那太轻描淡写了。他们懦弱而且报复心强，他们……………他心情沮丧地盘点出的一连串人类的阴险和卑劣，可以像这样在同样心情沮丧的胡安面前说上好几个小时。胡安又朝对服务员喊：

劳驾，再来一杯苦艾酒。

因为他急切地需要一杯东西来提神。

当何塞终于开始自责的时候，他的新的人生开始了。他自责得那么厉害，把母亲都吓坏了。

他咒骂自己。他斥责自己。他唾弃自己。

他唾弃他从前热爱过的东西。

他在和自己决裂。

他心想,他以为通过做一件罪恶的蠢事就能进入天堂,可那是卷毛狗的天堂。

他怎么会如此可笑,如此幼稚?

至于纯洁,无限的童年,牛奶和蜜糖,兄弟牧场,心灵的崇高愿望:蠢话!只是骗傻子的花招!是像他那样被世界伤害然后用不切实际的幻想来保护自己的可怜虫发明出来的拙劣的安抚剂。

必须为自己洗刷。赶快。而且不要有眼泪。

摧毁城堡。吐出这颗棉花糖。

从此,他反复酝酿着一些邪恶的想法,把服丧者的余烬倾倒在所有的东西上面,他说"西班牙去死吧,这是必然的",他说"一切都完蛋了,他妈的,我再也不指望了,什么也不指望",他说"村里的事我毫不介意,没有什么好介意的,再也没有什么好介意的了"。

从前,他曾神气十足地夸口说,宁可做一只死去的狮子也不做一条活着的狗;他开始低声抱怨自己活得就像一条狗。

是活着的吗?我问自己。

他的性格变得乖戾。

他的脸上出现了一条苦涩的褶子,使他的嘴巴凹了下去。

他变得暴躁易怒。他以折磨他的母亲为乐。

他粗暴地对待母亲。他跟她说那些冷酷无情的话。他总是以恼怒的语气跟她说话。

他踢狗的肚子。

他的狂怒令人费解。

大家都觉得他在盲目地寻找不知道是什么无法挽回的具有决定性的东西。

在村里大家都说：他真是个话痨子！他让人讨厌。他可以说点别的了！

他与别人的隔绝令人担心。他的忧郁令人扫兴。大家开始躲他。

大家开始不断地诋毁他。

大家觉得他是个可悲的失败者。

大家开始清点他的缺点。

他跟别人打招呼，人家几乎都不回应。

大家说：我早就跟你讲过吧。

大家说：这都是那些崇高的思想给弄的。他的脑子被那些东西给弄坏了。

夏初流传的那些算在他头上的荒唐谣言又重新找到了市场。

批判他成了一种时尚。所有的人都参与其中，即使是最漠不关心的那些人，为的是不让自己看上去比别人好糊弄。

大家为他的败落感到无比的兴奋。

最幸灾乐祸的人是迭戈，他看着何塞败落就像其他人看车祸或者行刑场面。

一九三七年十二月初，村里有传言（海梅老爷的一个雇工不慎说漏了嘴）说一小股长枪党分子在那个绰号叫"哈巴狗"的总管带领下，准备攻占村政府。

迭戈第一个想到的是通报地方政府，他们答应派两车突击卫队，应对可能的进攻。

何塞和胡安一听到风声，就从中看到了让他们摆脱可怕的冷清、把自己从死一般的迟钝，从深深的懈怠中解救出来的机会，他们对于这种懈怠已经适应，慢慢沉溺其中。因为几个月来，他们无精打采，萎靡不振，苦不堪言，没办法排遣，试图冷嘲热讽（太与他们的个性不符），拒绝与他们的同龄人为伍，因为那些人的生活和思想都像猪，他们俩就是这么说的，绝望并不是随便什么人都够得着的。

打架的念头终于可以让他们松一口气，出乎他们的意料。他们要去战斗。这下可真要闹起来了。他们会看见大家将要看到的事情。他们的英雄主义渴望再次被点燃。要不就是他们大祸临头了。

他们通知迭戈准备参加他的行动，答应在预定的日期向他提供支援。必须把他们的不和放到一边，大敌当前，要以大局为重。

迭戈没法不答应。

于是，在彼此之间没有进行任何商议的情况下，他们就一头扎进了一场冒充好汉的行动之中，有点常识的人绝不会那么做。

没有人能够确切地说清楚事情是怎么发生的。后来报道的一切都是混乱的、不完整的而且前后矛盾。但是后面所发生的一切基本上是可以还原的。

十二月十六日,"哈巴狗"率领的长枪党分子在佩克家后面架设了几门大炮,他们弄了这些大炮过来,但谁也不知道是怎么搞到手的。这支队伍由五个为海梅老爷做事的农工组成,他们都非常爱戴海梅老爷,对他毕恭毕敬,仿佛他是中世纪的一个大老爷,但他们被他的那个总管说服了,说这次进攻是合法的,进攻是为了夺取那个叛变儿子的权力,这颇有莎士比亚风格吧。你们要记住,那个总管构思的计划完全撇开了海梅老爷,与后来那些别有用心的人暗示的恰恰相反。

何塞和胡安守候在更高的位置,到了穆西亚的那块地,他们趴在一堵矮石墙后面的草丛中,警戒着,每人都握着一杆猎枪,焦躁地等待着突击队的到来。

迭戈和另外四个平时为他保驾护航的年轻共产党员埋伏在阿兹纳尔家的屋后,全都配了枪,腰上还拴了手榴弹,准备包围佩克家的房子,长枪党分子就躲在房子后面。

当突击队的汽车开到长枪党分子埋伏的地点附近时,战斗打响了,何塞、胡安和迭戈带领的小分队马上赶过去接应。

大家都知道当时有喊声,有尖叫,有人群的推推搡搡,场面混乱不堪。大家都知道几发炮弹爆炸,知道子弹乱射,知道有命令下达和命令撤销,知道一股浓烟让他们看不见是谁在朝谁开枪。总而言之,现场混乱得一塌糊涂。

六个人被打死。

总管和他的两个手下被俘虏。

胡安、迭戈和他的三个助手幸免于难。

突击队员毫发无损地撤退了。

何塞的心脏被一颗子弹不偏不倚地击中，子弹是从哪里射来的，这个一直都没能确定。他突然倒地，他摸了一下那个撕开胸膛的不疼的伤口，看了一眼他那沾满鲜血的手指，在绝望和愤怒中喃喃道：他们对我干了什么呀？他试了一下他的双腿看还能不能动，但它们已经动不了，他想喊胡安却没有力气，他喊救命，但那些活动的影子一直都不过来。

他听见轰鸣声，短暂的连发射击，痛苦的叫喊，咒骂和远处的狗叫声。之后，枪声渐渐平息了，所有的声音都渐渐平息，他感到自己慢慢滑进了某种微温、无味的东西。他一个人，面朝浩瀚的天空。没有一只友爱的手，没有一丝爱的眼神。孤独得就像个"一"字（我母亲说到这里时抹掉一滴眼泪）。

枪炮声平息后，迭戈喊了一声何塞，喊了好几次，焦急不安地寻找他，最后发现他的身体，一动不动，躺在冷冰冰的地面上。

他朝他俯下身子。手臂轻轻地从他的头上拂过。把它抬起来。然后又放下去，回天无力。

回家之前，他打算暂时向蒙特丝隐瞒何塞的死讯。

他打开门。

他面无血色。

蒙特丝马上就从丈夫的脸上看出有什么可怕的事情已经发生。出什么事了？迭戈一言不发。

蒙特丝忧心如焚,把刚才的问题又问了一遍。

面对迭戈长时间的沉默,她用空洞的声音问:我哥哥他……

迭戈把目光移到了一边,对她说:是的。

蒙特丝靠到墙上,才没有倒下去。

三天后,何塞的葬礼,所有的村民都跟在送葬队伍后面。前一天还被他们形容为莽夫、怪物、好高骛远、精神失常的人的死去引起他们一致的痛惜和大片的啜泣声。何塞,在村子里,变成了让人惋惜的何塞。

蒙特丝沉浸在巨大的悲伤中,这种悲伤使她变得极度的心不在焉和极度的无动于衷,如此无动于衷,以至于她对战争的消息再也没有反应,那些消息有什么大不了的,她对露妮塔的笑和家人对她慷慨做出的亲热举动也不再有任何回应。

她不再去探望母亲,母亲一直在不停地悲叹:唉,要是我的何塞在这里吃无花果该多好!唉,要是他在这里做这个该多好!唉,要是他在这里做那个该多好!一直在不停地不分场合地缩着鼻子诉说她的悲伤,这成了她那些女邻居的一大消遣。

她不再唱卡洛斯·加德尔①和华尼托·瓦德拉马的歌了。她成天萎靡不振地待在卧室里,不再问丈夫问题,每一次他在她面前提到"那件事",她的脸一下子就让人认不出来了。

---

① 卡洛斯·加德尔(1890—1935),阿根廷探戈歌王。

她的悲伤无边无际。当罗西塔跑来告诉她，村里有人传言说是迭戈打死了她哥哥时，她的悲伤变成了疯狂。

因为村民们对这两个男人间的难以置信的敌意更清楚。不知道是从什么样的阴暗渠道，村民最终总能发现最隐秘、最隐蔽的事情，然后从这些发现的事情中拼凑出传奇般的虚构故事，最后他们对这些虚构故事信以为真。

十二月的进攻激发了他们的虚构。这些与他们根深蒂固的、想找出一切事情的罪魁祸首的愿望连接在一起的虚构故事，使得他们到了最后全都众口一词，在没有任何证据的情况下，指控迭戈是谋杀何塞的凶手。

这个诽谤让蒙特丝悲痛欲绝，也让迭戈深陷绝望，他先是为自己辩护，现在开始谴责自己由于冒失让几个年轻人失去了生命，因为自责，他陷入绝望的深渊。

他每天准时酗酒。

每天晚上，在上床就寝之前，他都习惯往嘴巴里灌酒，由于喝得太多，他都是重重地摔倒在床上，一下子就睡着，并发出猪一般的呼噜声。但是有时，在沉沉睡去之前，他欲火焚身，想和妻子做爱，他哀求她，她拒绝，他用一股可怕的力量把她的手箍住，她对他说：拜托放开我，他把整个身体的重量都压到她身上，她使劲挣扎，脑袋左冲右突，他试着用膝盖把她紧紧夹在一起的两腿顶开，她对他说：别碰我，别碰我否则我就喊了，他朝她的脸上大口吹酒气，她像头野兽一样挣扎着，他喃喃地对她说：我爱你宝贝。是那种酒鬼的拖长声调的悲怆的声音，她厌恶地把他推开，使劲地蹬脚好从他的怀里挣脱,然后她开始拼命地大叫,简直要把全家的人都吵醒:停下!停下!停下!

迭戈像一头野兽一样沉沉地睡去,醒来时大汗淋漓,他朝蒙特丝转过身去,摸索着找她,但蒙特丝睡的那块地儿是空的。他直起身。他的脑袋很沉。他才站起来,痛苦便重新袭来,原封未动,悔恨开始袭击,用的是和前一天一样的毒液。于是,为了战胜它们,他开始孜孜不倦地对自己的辩白做没完没了的说明。尽管他有时候希望何塞走得越远越好,尽管何塞的存在对他而言像是一种持续的挑衅,尽管何塞的面孔出现时就像是对他的一种谴责,尽管他看到何塞败落时兴奋得难以言表,但是他从来没有希望过何塞去死,从来没有过,从来没过,他反反复复说的就是这些。

一天,他无精打采地向村政府走去,他已经没有丝毫的热情了,他决定从福儿咖啡馆那里绕一下。

他一进咖啡馆,四周立刻变得鸦雀无声。

他想拔腿就走,但他不想暴露任何想法。

他点了一杯茴香酒,把它一饮而尽,用下巴向那群正在玩多米诺牌的老头子问好,然后原路折回,对他的敌意使得整个咖啡馆里的人都一言不发。

他回到家里,极度不安地发现在他和村民之间有什么东西已经无可挽回地破裂了。他的一名年轻助手向他证实:有人带着会心的微笑说,今后村政府里的事情会变得不妙。

从那时起,人们发现他变了。

那个对外表如此敏感总穿得无懈可击的人从此一点也不

在意穿着,再也不扣他那件法兰绒上装,上装的口袋敞开着,衬衫从裤子里跑出来他也懒得去理了。

就像个叫花子,普拉太太对他说。

同时,他从前那坚信的信仰也开始产生动摇。

何塞那副没有生命的身体平躺在他的脑海里,让他对所有事情的看法都发生了改变。他越来越频繁地想,何塞揭露他毫不妥协地坚持党的路线时,他的看法也许是对的。至于绝对自由主义思想,他像品尝禁果一样品尝这思想往他身上滴入怀疑的慢性毒药,怀疑还在不停地扩大。可是,当所有的一切都摇摇欲坠的时候,抓住什么好呢?他问自己。相信谁呢,相信哪些个榜样,相信什么样的制度呢?怎么才能继续战斗呢?

一直被他洋洋得意地霸占着的村负责人的角色现在却沉重地压在他心上。他去村政府都是倒退着去的,从那以后,政治方面的事全都让他觉得恶心。

他甚至想过要放弃他的职务,并且开始希望战争早点结束,不管是打赢了还是打输了,战争结束他就可以解脱了。

他一下子就老了。

他才二十岁,但看上去像三十岁。

就是在那个时候,早期的妄想狂恐惧慢慢地深入他那焦虑的灵魂。他感觉到,就算自己没有很明确地被自己家人告发,但至少受到了他们的责备,他突然开始揣测他们,他父亲鄙视他,蒙特丝对他充满嫌恶。他突然有个闪念,为了更好地为自己辩白,他要用手枪打爆自己的脑袋。

以前的他总是对所有的事情和所有的人都不相信，可以说那是他的性格中最突出的特点；现在呢，他终于开始想象全村人都在反对他，以至于他觉得自己成了一场阴谋的目标。

他开始相信别人都在用一种鄙夷的眼神看他，相信有人在背后捣什么鬼，相信有人正千方百计地想要谋害他。

从那天起，他就处于高度紧张状态。他把自己关在办公室里，加了三道锁，听到一点点声音就吓得跳起来，有一点点风吹草动他就伸手去掏枪，他把那把枪一直别在皮带上。

几年间，他多多少少都能通过妥协解决这些密谋的威胁，这些事战争可以作证。只是过了很久之后，当他移民到法国，他才真的得了受迫害妄想症，并因此两次进了精神病院。

海梅老爷本人也变了。

民族主义分子在被他们所征服城市的所作所为让他觉得恶心。他的家庭令他无法忍受，他的儿子让他忧心如焚，而蒙特丝的忧伤也让他难受。

只有跟本地的农民在一起他才感到开心，那些农民对他并非毫无盘算，他们都希望有一天能得到他慷慨赠与的财物。他呢，恰恰相反，他懒得关心他的那些田地，从那时起就把一切交给了一个名叫费尔曼的年轻人打理，他本人则几乎每天下午都泡在福儿咖啡馆，和跟他同龄的人玩多米诺牌，这个也许是他肚子突然发福的原因。

接下来的那几个月，村里所有潜在的暴力，这种此前只是通过比较平常的恶意中伤和口水大战表现出来的暴力，现在又突然重新活跃起来，而且来势凶猛，这绝不只是因为新月出来了的缘故。

每个人都严阵以待。

每个人看别人都像是在看一个强敌。

他们四下里观察清楚之后才敢冒险上街，担心一个躲在什么地方的枪手会对其进行猛烈扫射。

出现极端行为或者一些狂热分子设下埋伏都不是不可能的。

大家尤其害怕一场跟之前的那次一样悲惨的伏击重演。

所有的人都害怕所有的人。

每个人的心里都充满乖戾和对别人的怀疑。

而在某些人的心里，则是仇恨。

一九三七年年尾，我母亲说，那个年尾是她记忆中最黑暗的一个年尾，最凄惨的一个年尾。

蒙特丝的悲伤与大家一致的预感重合：大家一致预感到共和军那边将走向溃败。

第三章

贝尔纳诺斯一回到法国,就废寝忘食地投入到《月光下的大公墓》的最后部分的创作。他在土伦安顿下来,像一头目光炯炯有神的老雄狮,每天都骑摩托车去锚地咖啡馆,险些被人当成酒鬼。就是在那里,他完成了他那部最黑暗的作品。

一九三八年四月十六日,《费加罗报》选载了其中的一些章节。

四月二十二日,该书在书店上架。左派报纸击掌欢迎。右派报刊不是嘟起个嘴巴,便是射来无比敌视的目光。西班牙主教团在马德里要求罗马教廷把这部受撒旦启发的作品列为禁书。西蒙娜·威尔,一位年轻的哲学教师,给贝尔纳诺斯寄了一封表扬信,他把这封信放在钱夹里,一直保留到临终的日子。

贝尔纳诺斯的思绪无法从西班牙那里移开,所以他很快就拟定了一个远走高飞的计划,到一个很远,很远,离他的国家天遥地远的地方。在他看来,他的祖国已经背弃了自己的初心,他还要远离欧洲,他说,这个欧洲已经变成了集权的欧洲。

他已经无力在那里继续生活下去。

在何塞·贝尔加曼[①]的陪同下,贝尔纳诺斯和妻子在法国

[①] 何塞·贝尔加曼(1895—1983),西班牙演员、作家、诗人、剧作家和导演。

度过最后一个夜晚,一家人七月二十日在马赛登船。中途在达喀尔停靠。然后是巴西海角。然后驶往巴拉圭方向。

一九三七年那个凄凄惨惨的冬天过去了,蒙特丝渐渐地重新找回了生活的乐趣。她对哥哥的思念从未曾停止,久而久之,她终于对自己说,他的死也许是他自己隐隐约约所希望的,是向这个很久以来再也不属于他的世界的壮烈告别,因为那是一个被他狂怒地抛弃的世界。说到底呢,为的是不想像蒙特丝那样,为的是不想像她那样在生活中是非不分善恶不分,还有,不想像她那样,苟且偷生,还乐此不疲。何塞的死于是在她眼里没那么荒谬了,尽管依然难以接受,尽管死得毫无意义,但没那么荒谬了。

我母亲忘记了一九三八年和之后的那些岁月。我只知道书上是怎么讲的,其余一概不知。

她忘记了那些小事(从人类历史的角度看是小事而且永远都不会被人说起)和重大事件(我可以从书上找到)。

她忘记了一九三八年一个个噩耗遮暗了西班牙的天空,共和军的阵地每天都在丢失。

她忘记了同年三月份,由来自世界各地的犹太志愿者组建的波特文①纵队全军覆没。

---

① 纳法第·波特文(1907—1925),波兰犹太裔共产主义者,1925年因刺杀一名警察线人而被处死。西班牙内战时期的波特文纵队以他的名字命名。

她忘记了那个让她度过了她一生最美好而且可能是唯一美好的夏天的大都市，她忘记了那个大都市已经被炸得千疮百孔，城里那些辉煌的标语横幅变成了碎布片，那些红色布告变成了碎纸片，那些僻静街道只剩下残垣断壁，所有的一切都残破得如同当地居民的精神状态。

她忘记了九月份签订了慕尼黑协定，达拉第[①]因为在协定上签字而受到喝彩（科克托大喊：可耻的和平万岁！贝尔纳诺斯绝望地宣布：可耻的和平不是和平！我们在这里大口大口地痛饮耻辱，无法挽回的耻辱，我们要在人类历史上担负全部的责任。）

她忘记了四月三十日，内格林[②]总理组建了一个民族联盟政府，意在和佛朗哥媾和，佛朗哥当然没答应，一口回绝了。

一九三八年八月，战火大面积地蔓延到了蒙特丝生活的地区。这是共和军最后一次发动猛攻。在她那个村子，两个阵营开始了殊死较量。

一九三九年二月，已经被提拔为公告宣读员的养路工佩克宣布佛朗哥赢得胜利时，仇恨的怒火开始熊熊燃烧并且彻底失去控制。

很多人的立场有了一百八十度的大转弯。报复行动十分

[①] 爱德华·达拉第（1884—1970），法国政治家、总理，1938年代表法国和希特勒签订《慕尼黑协定》
[②] 胡安·内格林（1892—1956），西班牙政治家、总理。

猖獗。

胡安被处决,迭戈那两个还不满十八岁的年轻助手遭受严刑拷打后被枪毙。

罗西塔和村政府的女秘书卡门,两人的膝盖被刀片割出一道道口子后,被押到已经有三年没人光顾的教堂,被迫趴在地上擦地板,遭受他们粗俗的嘲笑、唾沫和侮辱。那些人前一天改变了信仰,现在开始喊:佛朗哥万岁,西班牙万岁,一边喊还一边骄傲地挥舞着胳膊。

曼努埃尔未经审判就被关进了 R 监狱,和一些安达卢西亚的安那其关押在一起,那些人教他唱《女狱卒》,那旋律你听了心都会碎。

福儿和她的丈夫在他们的咖啡馆里挂了一块牌子,牌子上写着:我们不向外国人出卖我们的祖国①。

迭戈及时逃走了,追上了李斯特中校的第十一分队,中校带着他的部队往法国边境方向撤退。

我母亲遵照她丈夫的嘱咐,恰好赶在报复行动肆虐之前离开了村子。

一九三九年一月二十日一大早,她就步行上路了,她用童车推着露妮塔,还带了一个黑色的小手提箱,里面放了两床被单和女儿的一些衣服。

十几个妇女和孩子跟她一起上路。

---

① 这是佛朗哥的语录。

他们这支小队伍追上了逃离西班牙的大部队，由共和军的第十一分队率领。这就是人们不无羞耻地说到的"撤退"。由女人、孩子和老人组成的长队，一路散落破裂的行李，侧卧的死驴，横陈在泥浆中的可怜猎犬，还有这些不幸的人匆忙中带上的杂物，被当成家传宝物一般带上路，当家的概念完全从脑海中消失，当所有的想法都从脑海里消失的时候，这些宝物便被中途抛弃了。

　　好几个星期，我母亲起早贪黑地走着，穿的是被泥水弄得硬邦邦的同一条裙子和同一件外套。她用溪水洗脸，用沟里的茅草擦身，她吃的是路上找到的东西或者李斯特的士兵分发的一点米饭，她什么也不想，只顾着往前走，只想着把女儿照看好，她觉得是她把苦难强加到了女儿的头上。

　　她很快就把那个变得特别笨重的婴儿车丢到了一边，她把一条床单系在脖子上，为露妮塔做了一个摇篮，露妮塔似乎变成了她的一部分。她就像这样往前走，像这样把女儿贴身抱着，她更有劲了也更自由了。

　　她饿，她冷，她的腿和全身都痛，她怎么也睡不着，她所有的感官都处于戒备状态。她把外套折起来做枕头，她睡在树枝铺的床上，睡在废弃的谷仓里，睡在僻静冰冷的学校里。女人和孩子挤在一起，手臂都动不了，一动就会碰到别人。她裹着一床薄薄的栗色盖布，盖布被地上的潮气浸湿（我母亲说：你知道那块盖布，就是盖烫衣板的）。她把女儿紧紧地拥在怀里，两个人的身体和心灵仿佛已经融为一体。要是没有露妮塔，我不知道我还能不能坚持下去。

虽然她很年轻,但她还是感觉到莫可名状的疲惫,然而她每天依旧向前迈出自己的脚步,向前!她只想着找一些能让她生存下去的东西。法西斯的飞机一出现,她就赶紧扑倒在地或者冲进地沟里,脸贴着地面,孩子贴着她。孩子受了惊吓,哭得都喘不过气,她喃喃地对女儿说,别哭,我的孩子。别哭,我的小鸡仔。别哭,我的宝贝。她一边一身泥巴地站起来,一边问自己有什么理由让这么小的女儿承受这种世界末日一般的灾难。

但我的母亲当时才十七岁,她想活下去。

于是她背着孩子走了一天又一天,朝着天边走去,仿佛山那一边会比这边好很多。她在瓦砾堆中走了一天又一天,终于在一九三九年二月二日走到了勒佩尔蒂①边境。她在滨海阿尔热莱②的集中营里待了半个月,那种环境不用我说大家也都知道有多么恶劣,然后她被带到莫扎克③的拘留营,在那里见到了迭戈,我的父亲。

不知道经历了多少波折,她终于在朗格多克的一座村子里安顿了下来,她在那里要学习一门新的语言(她多少违背了这种语言的规则),还要学习新的生活方式和处事方式,不哭……

---

① 法国东比利牛斯省的一个市镇,与西班牙交界。
② 法国东比利牛斯省的一个市镇。1939年法国政府在该镇的海滩上设立集中营,收容了近22万西班牙难民,1941年底关闭。
③ 法国上加龙省的一个市镇,属于朗格多克-鲁西永-南部-比利牛斯大区。

她如今依然在那里生活。

一九三九年四月二十四日，教皇庇护十二世刚当选便宣布："我们无比欢欣地把目光转向你们，非常虔诚地信奉天主教的西班牙亲爱的孩子们，谨向你们表达教廷的祝贺，这是和平的馈赠和胜利，感谢上帝赐予你们英勇的信仰和仁慈之心"。

二〇一一年二月八日。我母亲躺在她那张肥大的绿色扶手椅上休息，扶手椅就放在面朝学校操场的那扇窗户边。讲述她那个火热的夏天把她讲累了。说得太兴奋把她说累了。

所有的回忆之中，我母亲留下了最美好的部分，它像伤口一样鲜活。其他的一切（有一些例外，其中就包括我的生日），全都被抹去了。那些回忆的沉重包袱，全都被甩掉了。在朗格多克一个没完没了的寒冬里的那七十年岁月全都被抹去了，永远也不会从嘴巴里说出来了，因为一些我很难确定的原因，也许是医学方面的，或者（这个假设最让我感到不安）因为它们毫无意义。

她的记忆里只留下了一九三六年的那个夏天，在那个夏天，生活和爱情把她拦腰抱住，在那个夏天她感觉活得十分充实而且与世界相处得十分和睦，那个就像帕索里尼说的那样安放了她全部青春的夏天，余生也可能生活在它的影子下面。那个夏天，我推测，她在回想时美化过了；那个夏天发生的传奇故事，我推测，被她重新创作过。重新创作是为了更好地战胜她的遗憾,要不就是为了让我更开心。那个灿烂绚丽的夏天,我已经把它安放在这字里行间,因为书嘛,书就是用来做这种事的。

我母亲度过的那个灿烂绚丽的夏天,贝尔纳诺斯度过的那个悲伤的、对它的回忆就像切开眼睛的刀一样直插在他的记忆之中的年头——同一个故事的两个场景,两种经历,两种意象,几个月来走进我的白天和黑夜,慢慢地,我浸泡在里面了。

学校的操场,我母亲经常在窗户后面快乐(她的快乐是如此的单纯)地观察它。此时此刻,操场上的孩子一下子就走光了。

突然就变得异乎寻常的安静。

我母亲朝我转过身。

你能不能给咱俩都倒点茴香酒呀,我亲爱的女儿?它能让我们提升。怎么说来着,是提升,还是提神?

是神。提神。

我的莉迪娅,一小杯茴香酒。时光飞逝,人生几何,我敢说,你总会有想要喝上一杯的时候。

衷心感谢索尼娅·佩雷兹夫人和安妮·摩尔万